그들의 이해관계

임 현 소 설

그들의 이해관계

문학동네

차
례

그들의 이해관계

1

한번은 해주가 무얼 보았다고 해서 화를 낸 적이 있었다. 왜 자꾸 그런 말을 하느냐. 보이긴 뭐가 보인다는 거냐. 봐라, 나도 지금 같이 보는데 아무것도 없지 않냐. 생각해보면 그렇게까지 화를 낼 필요는 없었는데 나름대로 나도 지쳤던 게 아닐까, 모르는 사이에 내가 해주를 많이 견디고 있었구나 싶었다. 그러니까 그게 다 뭐였나 되짚어가다보면 별의별 게 다 떠오르고, 서운한 것들, 아쉽고 섭섭한 것들, 뭔지 모르게 해주가 마구 우기던 것들만 기억나서 더 화가 났다. 그러다가도 나중에는 좋았던 것, 괜찮았던 것, 해주가 내 뒤통수를 부드럽게 쓸어주던 장면 같은 게 함께 떠올랐으므로 괜히 별것도 아닌 일에 화를 낸 내 잘못이 더 크다는 쪽으로 매번 결론 내렸다.

또 하루는 어디서 도라지가 좋다는 말을 들었던 게 기억나 분말로 된 것을 구입한 적이 있었다. 보름쯤 전부터 해주의 증세가 심해지기 시작하더니 밤에는 잔기침이 그치지 않았다. 병원에 좀 가보는 게 어떻겠냐 해도 바쁘다고만 해서 뭐가 그렇게 바쁘냐, 바쁜 것도 건강할 때 바쁠 수 있는 거 아니냐, 잔소리했다. 그런데도 해주는 알았다거나 걱정 말라거나 하는 말 없이 줄곧 해야 할 일이 있다고만 해서, 옆에서 자꾸 그러면 자다가 내가 깬다고, 오늘도 여러 번 그랬다고, 왜 이렇게 이기적이야, 같이 사는 사람 생각도 하고 그래야 하는 거 아니냐는 말도 해버렸다. 그럴 의도가 아니었으나 너무 모질게 대했다는 생각에 종일 신경이 쓰였다. 서운해하던 표정이 떠올라 낮에 잠깐 전화했는데 내가 하려는 말은 다 듣지도 않고 해주는 "간다고, 가. 지금 가고 있잖아" 하더니 바로 끊어버렸다.

가루로 된 도라지라 물에 타 먹기도 좋고, 국이나 찌개에 넣어도 좋을 것 같았다. 그러나 정작 해주만은 좋아 보이지 않았는데 기운도 없어 보이고 후두가 많이 부었다고만 했다. 병원에서 그런 말을 듣고 와서인지, 아니면 좀처럼 서운한 감정이 줄지 않아서인지, 사온 것에는 하나도 관심을 보이지 않았다. 대신 뜨거운 유자차만 여러 번 우려 마셨다. 무안한 마음에 우리집에 이런 게 있었느냐고 물었으나 해주는 아무 대답도 하지 않았다.

　그로부터 사나흘이 지난 뒤에 나는 해주와 함께 병원에 갔다. 그러지 말라는 걸 억지로 내가 따라나섰는데 거기 의사가 부기가 조금도 가라앉지 않았다며 내시경 화면을 보여주었다. 드물긴 한데 심각한 것은 아니라고 했다. 모르고 보면 부은 것 같지만, 본래부터 그런 모양이라는 설명이었다. 그래도 염증이 있는 건 맞으니까 약은 계속 복용해야 한다고도 했다. 지금에 와서 생각해보면, 그때 내가 제대로 들은 게 맞는지 되묻고 확인했어야 했다. 그러니까 그 의사의 말을 우리가 똑같이 들었는데도 해주는 어딘가 나랑 다르게 이해한 것 같았다. 아무래도 그래서였다고 생각한다. 이후로 해주는 계단을 오르거나 무거운 걸 들 때 평소보다 더 힘들어했다. 자주 입맛이 없다고도 하고 공기 좋은 곳에서 사는 게 어떻겠냐, 그런 곳이라면 건강에도 좋고 여유로울 것 같지 않냐, 계속 물어서 사람을 귀찮게 했다. 한번은 술 약속이 있어서 밤늦게 들어간 적이 있는데 미리 전화를 해두었음에도 불구하고 불 꺼진 거실에 해주가 우두커니 앉아 있었다. 그러고는 왜 자꾸 자기를 혼자 두는 거냐며 전에 없이 큰 소리를 내기도 했다. 그리고 나는 그때마다 해주가 지금 무얼 떠올리는지 알 것 같았다. 그게 나를 더 당혹스럽게 만들었다. 그러니까 내 경우, 선천적으로 그런 후두를 가진 게 무슨 질병은 아니고, 다만 일반적인 사례와 다를 뿐 나쁠 건 별로 없다는 의미로 여겼던 것에 반해, 해주는 보다 무겁고 심각한 의미로 받아들였다. 그걸 장애나 기형처럼 어딘가 비슷한 듯 전혀 다른 의미로 곡해해서 들었던 게 아닐까. 그래서 저러는 게 아닌가.

그러나 그런 말들은 해주에게 전혀 할 수 없었다. 병원을 빠져나오던 그날 이미 나는 불안해하는 해주의 등을 두드리며 괜찮을 거라고 위로했는데 해주는 그런 나를 가만 바라보기만 했다. 그 순간에는 그게 너무 슬퍼 보였을 뿐 무얼 뜻하는 줄은 몰랐다. 그랬으므로 빠른 보폭으로 줄곧 나를 앞장서 걸어가는 해주를 가만 내버려두었던 것이다. 그런데도 나는 왠지 무언가를 하고 있다는 기분이었다. 무슨 이유인지는 잘 모르겠으나 그게 다 해주를 위하는 거라고, 그걸 지금 내가 하고 있다고 믿었던 것 같다.

해주에게 크게 화를 내던 날도 그랬다. 나는 그런 대처가 우리의 상황을 조금 더 괜찮게 하는 데 일조할 거라 생각했다. 그날 우리는 카페에 있었다. 손님들이 많아 복잡했고 줄이 길어서 주문을 하는 데만도 오래 기다려야 했다. 음악 소리도 크고 웃음소리, 말하는 소리도 컸다. 옆에 앉은 여자도 "뭐라고? 좀더 크게 말해봐. 잘 안 들려. 방금 그거, 그거 다시 말해보라고" 하더니 밖으로 나가버렸다. 대로 가까운 데 있어서 이따금 경적 소리도 크게 들렸다. 그런데도 해주만큼은 조용했다. 간혹 무언가를 말하긴 했으나 그때마다 제대로 알아듣지 못해서 뭐라고? 되물으면 아니라거나,

됐다거나, 별거 아니었다는 식의 대답만 돌아왔다. 모처럼 함께 외식도 하고 여기저기 구경도 하고 들어갈 생각이었다. 무엇이라 도 해서 해주의 기분을 나아지게 하고 싶었으나 정작 해주는 아무 노력도 하지 않았다. 그때 내가 제대로 들었더라면 어땠을까. 아 니면 어서 말해보라고, 그 별거 아닌 게 도대체 뭐였느냐고 집요 하게 물었다면 달랐을까 생각한다. 어쩌면 그랬어야 했는데 그러 지 못했던 게 아닌가. 정말 아무것도 아닐 수는 있어도 그럼에도 당시의 해주가 진짜 말하고 싶었던 게 무엇인지는 알게 되었을 거 라고. 사소한 것에서 시작해서 그 순간 우리에게 가장 필요한 것 들로 이어지지 않았을까. 우리도 다른 사람들처럼 시끄럽게 떠들 고 웃고 그랬어야 했는데 그러지 못했다.

대신 전화를 받으러 나간 여자가 돌아왔고 어딘가 산만하게 주 변을 살피기 시작하더니 급히 해주에게 물어왔다. 테이블에 지갑 을 두고 갔는데 못 봤냐는 것이었다. 같이 있던 남자가 챙겨 가더 라고 해주가 대답했을 때 여자는 몹시 당황해했다.

"누가요? 그게 누구예요? 나는 처음부터 여기 혼자 왔는데 누 굴 말하는 거예요? 왜 그런 걸 보고도 가만있었어요? 남의 물건을 가져가는데 왜 가만뒀어요?"

그 일에 대해서라면 나는 여전히 여자의 부주의가 더 잘못이라 고 생각한다. 해주에게는 책임이 없으며 그건 우리 일이 아니지 않으냐고 반박할 수도 있었다. 가만 듣고만 있을 게 아니라 왜 애

먼 사람에게 그러느냐고 따지고 화를 냈어야 했다. 아니라면 무시할 수도 있었다. 바쁘다거나 미안하다거나 그런 말로 끝낼 수 있었다. 그러나 상황이 더욱 애매하게 된 것은 해주의 태도 때문이었다. 카페의 매니저를 호출하고 매장 내에 설치된 카메라를 확인하기를 먼저 요구한 것도 해주였다. 화면에서 내내 여자 혼자 앉아 있다가, 누군가와 통화를 하다가, 급하게 빠져나가는 것을 다 보았는데도 해주는 그렇지 않다고 주장했다. 명백하게 확인 가능한 것이 있는데도 그런 것은 하나도 믿지 않은 채 지갑을 들고 가는 남자만을 가리켰다. 그러고는 아까 이 사람과 분명 같이 들어오지 않았느냐고, 그걸 자기가 보았다고 우긴 것도 모두 해주 혼자뿐이었다. 어느 순간에 이르러 나는 참지 못하고 화를 냈다. 그만 좀 하라며 해주의 팔을 끌어당겼다. 중요하지도 않은 일로 소란 좀 피우지 말라고 소리쳤다.

"보긴 도대체 뭘 봤다는 거야."

해주와 달리 내게는 실제로 그 남자와 여자가 동행했는지 여부는 하나도 중요하지 않았다. 오히려 다른 것들, 해주가 자꾸 그렇게 말함으로써 생기게 될 문제들, 그러니까 지갑을 잃어버린 여자가 의심할 수도 있을 만한 것, 도리어 우리를 지목하고 그로 인해 하게 될지 모르는 불필요한 해명들이 나는 더 염려됐던 것이다. 그런 일들에 대해서라면 미리부터 대비하고 준비하고 차단해야 했다.

그랬는데도 상황은 왜 더 나쁘게만 흘러갔나.

왜 하나도 좋아지지 않고 이렇게 될 수밖에 없었나.

무얼 하긴 했는데 그게 해주가 아니라 다 나를 위해서 그랬던 걸지도 모른다. 해주가 분명 보았다고 했을 때, 아무도 보지 못한 걸 왜 혼자만 봤느냐고 따질 일이 아니었다. 왜 너만 계속 다르게 드냐고, 괜한 일에 제발 걱정 좀 하지 말라고 안심시키려고 애쓸 게 아니었다. 무엇보다 화를 내던 해주를 말릴 게 아니라, 뭐가 그렇게 너를 암담하게 만들었느냐고 물었어야 했다. 말해보라고, 그게 뭐든 같이 견디자고. 아니면 그냥 옆에서 가만 듣다가, 듣고 싶어 할 말을 해주는 것도 나쁘지 않았을 텐데, 너무 내 말만 해버렸다는 생각에 외로워졌다. 그걸 해주 혼자 견뎠다는 생각에 미안했다.

이제 와서 나는 우리가 더 오래 같이 살았더라면 어떻게 됐을까, 자주 상상한다. 그랬다면 좋은 것과 나쁜 것, 얻을 수 있는 것과 잃게 될 것 들을 구분하다가 결국에는 크게 싸웠을 거라고, 그런 날들이 지루하게 반복되다가 집히는 게 무엇이든 던지고 부수고 그랬을 거라고. 살면서 우리가 진짜 그랬던 적은 한 번도 없었지만 아마 결국에는 그렇게 되지 않았을까. 붙잡거나 매달리는 일 없이 서로에게 할 수 있는 가장 매정한 말로 상처를 줬을지 모른다. 가능한 최악의 경우로 흘러가다가 매일매일을 후회하고 지난 날에 좋았던 것도 실은 하나도 좋지 않았었다고 고백하는 그런 사이가 되어버리지 않았을까. 그럼에도 그게 무엇이든 더 괜찮아 보였다. 아무리 나쁜 상상을 해도 지금보다는 더 나은 결말 같아서 나를 몹시 슬프게 만들었다.

그런 뒤에는 늘 미안한 것들만 남았다. 내가 하거나 하지 않았던 일들이 떠올라서 괴로웠다. 그러니까 그로부터 며칠이 지나 혼자 좀 쉬고 오겠다는 해주를 말리지 않았던 거, 어디든 한적한 곳이 좋겠다는 말에 그러라고 되레 반색했던 거. 다음날 일찍 버스터미널까지 해주를 배웅했는데 예약도 없이 도착한 시간이 어중간했다. 그랬으므로 다음 배차 시간을 기다리며 뭐라도 먹거나 마시거나 했을 수도 있었을 텐데 급하게 남는 차편을 구해 해주를 태웠던 거, 얼마 지나지 않아 비가 내리기 시작했고 그런 풍경이 맑은 날보다 더 좋을 거라는 통화나 잠깐 했을 뿐, 무엇도 대비하지 못했던 것 등등.

사고가 있었다. 해안을 따라 이어진 도로였고 한가운데 전복된 차량이 있었는데 그것을 확인할 수 없을 만큼 안개가 짙었다고 했다. 다중 추돌사고로 이어진 탓에 여러 명이 크게 다치거나 사망했다. 뉴스 속보를 통해 신원이 확인된 명단이 방송되었고 거기에는 해주의 이름도 들어 있었다.

2

해주를 잃고 해주가 없다는 사실만으로도 납득하기 힘든데 보다 현실적인 문제들이 산재해 있었다. 관공서에 들러 신고서를 작성하고 통신사나 각종 계약 건들을 해약했다. 그때마다 사유를 물어서 그간의 정황을 설명하고 어색한 위로를 들은 다음 다시 실무적인 절차와 과정을 숙지해야 했다.

나로서는 도무지 이해할 수 없는 것들이 남들에겐 당연하게 보이는 것도 견디기 어려웠다. 예를 들어 종종 다리가 저려서 밤에 잠들기 어려웠는데 진찰 결과 특별한 이상은 발견되지 않았다. 뜨거운 물에 반신욕을 하면 좋다거나 우유나 멸치에 수면을 촉진하는 효과가 있다는 말은 많이 들었으나 누군가는 그것 말고 육류를 먹어야 한다고 했다. 단순히 불면증이 심하다고만 했을 뿐인데 내 손을 붙잡으며 햇빛을 자주 쐬고 특히 고기를 먹으라고, 이럴 때일수록 잘 먹고 잘 버텨야 한다고 조언해주었다.

그러다 기어코 참지 못하고 은행에서 화를 내버렸다. 도장이 어디 있는지 모른다며 고함을 질렀다. 다시 말해요? 그게 어디 있는지 진짜 모른다니까. 모두 그 사람이 보관하고 관리했는데 내가 그걸 어떻게 압니까. 몇 번을 말해야 알아듣겠어요? 그런 사람이 사고를 당했다고. 어디 있는지 나한테 말하지도 않고 갑자기 죽어버렸다니까. 그런데도 왜 나를 배려하지 않나. 나를 왜 좀더 성의 있게 대하지 못하느냐고 창구 앞에서 목놓아 울었다.

지하철에서 누군가 내 무릎을 두드린 적도 있었다. 중년의 여자였고 무거워 보이는 가방을 껴안고 있었는데 옆에 앉은 내게 주의를 주었던 것이다.

"그런 거 하지 마요."

나는 여자를 빤히 쳐다보았다.

"사람 많은 데서 왜 자꾸 혼잣말해요. 무섭게 왜 그래요. 그러지 마요. 그런데 아까부터 뭐라는 거예요?"

여자의 물음에 그러나 나는 아무 대답도 하지 못했다. 방금까지 내가 무슨 말을 했는지, 정말 하긴 했는지, 그게 어떤 종류였는지 전혀 몰랐기 때문이었다. 대신 나는 여자를 자세히 바라보았다. 어떤 표정으로 나를 쳐다보고 있는지, 내가 어떻게 보이는지, 그것으로 지금의 내 상황이 얼마나 나빠져버렸는지 등은 알 것 같았다. 여자는 잠깐 가방을 뒤적이더니 무언가를 꺼내 내밀었다.

"읽어봐요. 도움이 될 거예요."

그리고 나는 오랜 시간 그것을 쥐고 있었다. 내려야 할 곳은 이미 지나친 뒤였으나 여자가 내린 뒤에도, 내 옆에 다른 사람이 앉았다가 다시 자리가 비워진 뒤에도, 그것으로 정말 무언가 도움을 받겠다는 심정으로, 종교단체에서 나눠주는 손바닥만한 크기의 그 홍보 책자를 오래 붙잡고 놓지 못했다.

한동안 나는 해주가 그렇게 될 수밖에 없었던 이유가 무엇인지 알고 싶었다. 사고와 관련된 기사들을 검색하고 혹시나 누락된 정황은 없는지 살피고 원인을 규명하고자 했다. 왜 이런 일이 우리에게 벌어졌나. 우리가 대체 뭘 잘못했다고. 그럴수록 분명해지는 것이 생겼다. 그런 일들은 너무 쉽게 일어나버린다. 그냥 그렇게 되어버린 많은 일들 중의 하나였을 뿐이다. 상황은 자꾸 나쁘게 돌아가는데도 내가 할 수 있는 건 별로 없었다. 그러니까 나의 어떤 행동도 사고의 직접적인 원인은 될 수 없었다. 함부로 미안해하기도 어려웠다. 뭘? 내가? 내가 무슨 잘못을 했지? 찾을 수 있는 게 별로 없었다. 나와 상관없는 일에 가까웠고 책임질 만한 어떤 것도 발견되지 않았다.

대신 이런 제목의 기사를 읽을 수는 있었다.

'참사를 피한 기적의 버스 운전사, 부당 해고 당해.'

사고 당일 해당 노선을 운행중이던 고속버스가 예정에 없이 경로를 벗어났는데 열두 명의 승객이 탑승해 있었고 그 덕분에 모두 무사했다는 게 요지였다. 그런데도 사측에서는 운전사에 대해 문책성 징계를 내렸다고 덧붙였다. 규정 위반에 따른 절차라고는 하지만 상황을 고려하지 않은 무리한 처분이라고 기사는 지적하고 있었다. 그리고 당시 승객의 인터뷰가 이어졌다.

"지나친 결정이라고 생각해요. 아니면 우리더러 그냥 사고를 당하라는 말인가요? 사고를 피했다는 이유로 해고를 한다는 게 말이나 되는 일이냐고요."

　좀처럼 그 기사가 내 머릿속에서 떠나지 않았다. 무언지 모르게 화가 난 탓에 밤새 뒤척이기도 했다.

　지나치다고?

　너무하다고?

　이불을 박차고 일어나 거실을 서성거리고, 집안의 문 달린 것들은 모조리 열어 환기를 시키기도 하고, 찬물을 뒤집어썼는데도 도무지 참을 수가 없어서 포털 사이트에서 그 기사를 다시 검색했다. 일인 시위중이라는 운전사의 사진이 가장 먼저 눈에 들어왔다. 그러고는 어김없이 그 제목, '기적'이라는 그 단어 앞에서 시선이 또 한번 멈춰버렸던 것이다. 기적? 기적이라니. 사고를 피하는 게 기적이라면 그렇지 않은 쪽은 무엇인가. 기적의 반대말이 뭐야. 상식적으로 이해할 수 없는 일, 그게 기적 아닌가? 그러면 뭐, 해주는 그래도 된다는 말인가? 그게 다 상식적이고 일반적인 일이었다는 건가? 그냥 그럴 수 있는 사고였다는 거야, 뭐야.

　전체적으로 보자면 일종의 절대량 같은 게 있어서 그게 늘 유지되고 있는 건 아닐까. 확률상으로는 이상할 게 하나도 없는, 다만 엄청나게 큰 분모와 상대적으로 매우 작은 분자 값의 문제일지도 모른다. 그럼에도 누군가는 항상 복권에 당첨되는 것처럼 사고를 당할 누군가가 반드시 필요했던 건 아닐까.

그런데,

왜?

왜 하필 그게 해주였나.

나는 아무나 붙잡고 따지고 싶었다. 이래도 되는 거냐고 고함을
지르고 행패도 부리고 아주 이해할 수 없는 행동을 하면서 그런데
도 내가 지금 상식적으로 보이느냐고, 묻고 싶었다. 누가 더 몰상
식한 거냐고. 엄연히 죽거나 다친 사람들이 있는 사고인데도 기적
운운하는 당신들이 더 너무한 거 아니냐고. 그래서 내가 이런다고.

버스 운전사의 사정에 대해서라면 어렵지 않게 알아낼 수 있었
다. 몇몇 인터넷 커뮤니티에서 그를 구명하기 위한 서명을 받고
있었는데 이와 관련해서 그의 조카라는 사람이 올려둔 게시 글이
있었다.

'저희 삼촌이 억울한 일을 당했습니다. 도와주세요.'

그러나 내가 알고 싶은 점은 오로지 한 가지뿐이었다. 해주와
무엇이 달라서 그는 사고를 피할 수 있었나. 그런데도 그런 내용
은 하나도 없이, 사측의 주장과 다르게 ○○운수는 최근 경영난에
시달리고 있었다라든지, 배차 시간이 빠듯해서 다른 업체에 비해
근무 여건이 좋지 않았다느니, 노사 간의 협의가 원만하게 진행되
지 못했는데 그 때문에 이전에도 사소한 실수를 핑계삼아 직원들
을 가차없이 해고했다. 삼촌도 유사한 케이스인데 그래서 억울하
다, 같은 호소로만 가득했다.

지하철역에서 십 분가량 걸었을 뿐인데 주변에 보이는 것들이 많이 달랐다. 공터가 넓었고 대체로 낮고 노후한 건축물들뿐이었다. 운수회사까지는 아주 먼 거리는 아니었으나 그곳까지 가는 내내 나는 마음이 무거웠다. 만나서 무얼 해야 하나, 무얼 내가 할 수 있나, 소리를 지를까, 멱살은 잡아도 되는 건가, 그런데 무엇 때문에? 무슨 이유로 이러는 거냐고 물으면 뭐라 대답해야 하지? 나를 왜 화나게 하냐고? 아니면 왜 함부로 살아남았느냐고? 해야 할 게 무엇인지도 모르면서 나는 무작정 그곳으로 향했던 것이다. 그리고 차고지 앞에 이르렀을 때야 입구에서 홀로 시위중인 그 남자를 발견할 수 있었다.

나는 그가 더 건장한 사내이기를 바랐다. 회사 로고가 박힌 낡은 외투가 아니라 보다 점잖은 차림이었다면 달랐을 것이다. 내가 있는 쪽으로 성큼 걸어올 때는 뒤돌아 도망치고 싶었다. 건네는 전단지를 뿌리치고 공공장소에서 사람들 불편하게 이게 다 뭐하는 짓이냐고 매몰차게 대하고 싶었다. 그러나 남자의 왜소한 체구는 어딘가 절박해 보이는 데가 있었다. 원하지 않는데 저절로 두 손으로 받게 하고 고개 숙여 고생이 많다고, 힘내라는 말도 함께 하게 만들었다. 남자는 필요 이상으로 내게 고마워했다. 진심이라고는 조금도 없는 가벼운 말에 기운을 얻은 것 같았다. 그게 나를 부끄럽게 했다. 그게 아니었다면, 나는 그대로 집으로 돌아갈 수

도 있었다. 제법 바람이 차갑긴 했으나 가까운 편의점에 들러 따
뜻한 음료를 고르지 않았을 거고, 그걸 굳이 돌아가 남자에게 내
밀지도 않았을 거고, 이것은 진짜 나의 호의에서 비롯된 행동이라
는 점을 들키고 싶어하지도 않았을 것이다. 그리고 무엇보다 이미
다 알고 있으면서도 모르는 척, 혹시 기사에 나온 그분이 아니냐
고 묻지 않았을 것이다.

　남자는 원래도 그렇게 말이 많은 사람인가 싶을 정도로 말이 많
았다. 전단지에 적힌 내용을 아주 외워버린 것처럼, 고생한 것도
많고 억울한 것도 많고, 그런 사람이 부당하게 해고당했으니 해야
할 말은 더더욱 많은데 아무도 들어주지 않는다고 했다. 취재를
나온 기자가 몇 있긴 했으나 달라진 건 전혀 없다고도 했다.
　"신생 인터넷 매체라 구독률이 떨어진다고 하더군요."
　인도 경계석에 남자와 나란히 앉은 나는 조용히 고개를 끄덕였
다. 해주의 일이 아니었더라면 나 역시 있는 줄도 몰랐을 낯선 명
칭의 언론사였다. 더욱이 커뮤니티 사이트마다 올라온 호소문은
흔하게 볼 수 있는 종류의 것이었다. 사람을 금세 정의롭게 만들
었다가 비슷한 게시 글에 묻혀 빠르게 잊힐 만한 사연이었다.
　"대부분은 듣고 싶은 말을 들으려 하는 것 아니겠습니까."
　나는 남자의 옆모습을 힐끗 훔쳐보았다. 음료를 마시느라 목울
대가 울렁거렸다. 그게 내심 서운하다는 뜻인지, 그런 기사를 기

억하고 있는 내가 자신과 비슷한 부류의 사람처럼 보인다는 건지, 모르는 사람이 지금 우리를 보면 해고를 당한 쪽이 나라고 오해할 수도 있겠네, 하고 생각했다. 그리고 내가 진짜 듣고 싶었던 말이 무엇인지 떠올렸다.

"그런데 어쩌다 그렇게 된 겁니까?"

어쩌다가 당신은 사고를 피하고 살아남았나. 그것은 줄곧 내가 가장 묻고 싶었던 말이었으나 의도를 들키고 싶지는 않았다. 나는 무심한 척 멀쩡한 직원을 함부로 해고하는 회사측의 부당함을 함께 지적하는 중에 지나듯 물었다. 옆 사람이 아니라 지나는 것도 별로 없는 빈 도로 쪽으로 고개를 돌렸다. 그런데도 이번에는 남자가 나를 바라보고 있다는 것을 느낄 수 있었다.

남자는 잠깐 무언가를 생각하다가, 여전히 나를 보는 줄 알았는데 실은 내가 보는 것을 함께 보다가 누군가 지나가자 일어나 들고 있던 전단지를 서둘러 쥐여주고 다시 돌아와서는 "선생님은 기적을 믿는 편입니까?" 하고 물었다. 그러자 멈춰 있던 무언가가 다시 내 가슴을 빠르게 두드리기 시작했다. 들키지 않기 위해 나는 빈 캔을 움켜쥐었다. 바닥에든, 남자에게든 그대로 던져버리고 싶었으나 아직 들어야 할 말이 내게는 남아 있었다. 대신 아니라고, 나는 보다 상식적인 쪽이라고만 대답했을 뿐이다.

3

왜, 그런 날이 있지 않습니까. 좋은 쪽이든 나쁜 쪽이든 자꾸 그렇게 되어버리는 거. 기가 막히게 신호에 한 번도 걸리지 않는다거나, 라디오에서 때마침 듣고 싶은 노래가 나온다든가, 기다린 것도 아닌데 시계가 정확히 네시 사십사분을 가리키기도 하는 뭐 그런 거. 그럴 때 나는 기분이 이상합니다. 지금 뭔가 잘못되었구나 싶거든요. 뭔지 모르게 벗어난 느낌이 듭니다.

버스라는 게 그렇습니다. 정해진 노선이 있고 그걸 따라야 하거든요. 우체국 지나서 시청, 시청 다음에 주공 아파트, 그래야 하는 거거든요. 우체국에서 주공 아파트로 가는 더 빠른 길을 내가 알고 있어도 그냥 돌아가야 합니다. 택시와 달리 손님이 어디에서 내릴지, 또 어디에서 기다리고 있을지 이미 정해져 있는 일 아닙니까.

한번은 시내버스 모는 오경남이가 나를 찾아온 적이 있었습니다. 센터를 통해 민원이 자주 들어왔는데 그 때문에 사내 평가가 좋지 않았습니다. 몇 차례의 경고에도 불구하고 개선될 기미는 조금도 없이 자꾸 정차해야 할 곳을 지나쳤습니다. 태워야 할 사람을 태우지 않는 게 무슨 대중교통이냐고 항의가 심했습니다. 내려야 할 곳에서 내려주지 않아서 중요한 시험을 놓칠 뻔했다는 수험생도 있었습니다. 시청에 정식으로 신고하겠다는 걸 적지 않은 위자료로 겨우 달랬다는 말도 들렸습니다. 그 위자료의 금액만큼 감봉을 당했는데도 도무지 나아지지 않던 그 오경남이가 나를 붙잡고 그래요. 귀에서 자꾸 뭐가 들린다고. 지난번에는 중학생들 서넛이 뒷좌석에 앉아서 크게 노래를 불러대서 혼을 낸 적이 있다고 했습니다. 몇 정거장 지나지 않아 도로 그러길래 괘씸한 마음에 정류장도 아닌 곳에 버스를 세웠다고도 했습니다. 다른 손님은 더 없었으므로 그냥 참을 만도 했을 텐데 그 소리가 너무 가깝게 들리더라는 겁니다. 그러니까 마치 일부러 더 들으라는 듯이요.

"그런데, 형님. 내가 딱 이렇게 돌아보는데 말입니다. 뒤에 아무도 없는 거예요. 전에 이미 다 내려버린 거지. 그럼 이건 다 뭔가 싶어서 순간 뒷골이 다 쭈뼛해집디다. 그런데도 노랫소리는 계속 들리고 둘러봐도 아무도 없고……"

그런 말을 하는 오경남이 나는 걱정되었습니다. 그랬으므로 그의 손을 붙잡고 나도 그렇다고 나도 요통이 심해서 밤새 종아리가 저릿저릿하다고, 인천 노선 장씨가 전립선염으로 고생하는 걸 너도 알지 않느냐고, 다들 그렇다고 그런 거 한둘 앓지 않는 버스 기사가 어디 있느냐고 달랬습니다. 그러고는 중요한 건 그런 게 아니라 앞으로의 일이라고 조언했습니다. 자꾸 그렇게 규칙을 준수하지 않으면 노조 쪽에서도 뭘 어떻게 도울 수가 없지 않겠냐. 조심해야 할 것들, 그러지 않을 경우 생기는 문제들, 그럼에도 괜찮아질 가능성들, 지금부터라도 잘하면 된다, 해고라는 게 또 그렇게 쉬운 일이 아니다, 잘해라, 더 잘해야 한다, 같은 말을 하는데도 오경남의 굳은 표정은 풀리지 않았습니다.

"문제는요, 내가 지금은 그걸 좋아하게 됐다는 겁니다. 계속 듣다보니까 그게 또 나쁘지가 않아요. 집중하게 되고 더 듣게 되고 그러다보니까 자꾸 놓쳐요. 멈춰야 할 곳에서 멈추지 못하고 지나치게 되잖아요."

오경남이 해고를 당한 것은 그로부터 한 달이 채 지나기도 전이었습니다. 정류장을 놓치는 것은 큰 문제가 아니었습니다. 태우지 못한 승객이 생길 수는 있겠지만, 뒤에 오는 버스가 있었고 그걸 타면 될 일이었습니다. 그러나 노선을 벗어나는 것은 전혀 다른 문제였습니다. 누구도 기다리지 않고 내릴 사람도 없는 곳으로 오경남은 버스를 운행했습니다. 내부순환로를 타고 동부간선로 쪽으로, 자동차전용도로를 달리는 유일한 시내버스가 되었습니다.

나는 그렇습니다. 사람이 좋은 쪽이든 나쁜 쪽이든 어느 한쪽으로 너무 치우치게 되면 결국엔 경로를 벗어나버리게 된다고 생각합니다. 어느 한쪽이 자꾸 좋아진다는 것은 누군가 나쁜 쪽을 떠안게 된다는 것 아니겠습니까. 본래는 공평하게 나눠서 나쁜 일을 상쇄시킬 수 있는 문제인데도 누군가 한쪽만 너무 갖게 되는 것 아니겠습니까. 그런데 사람들은 좋은 것만 생각하고, 좋은 것을 더 가지려고 하고, 웬일인지 신호에 한 번도 걸리지 않았다는 것은 반대로 뒤따르는 누군가가 줄곧 신호에 걸리고 있다는 말인데, 그 사람이 나보다 더 급한 사정이 있을 수도 있고, 그러느라 더 나빠지는 경우가 있을지도 모를 일인데 그냥 좋은 일을 좋아하더라, 이 말입니다.

오경남이 경로에서 벗어났을 때 남은 사람들이 느낀 그 기분이 무엇이었겠습니까. 회사에서 점진적인 인원 감축을 공표한 지 이틀 만에 오경남의 버스가 예정에도 없는 먼 곳으로 가버렸다는 말을 들었을 때, 그 묘한 안도감이 다 무엇 때문이었겠습니까. 그게 왜 나에게는 좋은 일이라고 생각했을까요. 누구도 그런 말을 하지는 않았으나 그 덕분에 당분간 우리가 괜찮을 거라고 믿었던 것 아니겠습니까.

이후, 오경남을 찾아간 적이 한 번 있었습니다. 일자리를 알아보는 중이라고 했습니다만 그러나 내 편에서 할 수 있는 말은 별로 없었습니다. 고작 도울 게 있다면 돕겠다고 했더니 그러더군요.

"요즘엔 말이오, 형님. 그게 더 선명하게 들려요. 그런데도 그걸 따라 부르기는 어렵단 말이지. 며칠 안 들려서 종일 기다린 적도 있습니다. 하루는 심심하고 적적해서 그 노래라도 너무 듣고 싶은 거지. 혼자서 좀 불러볼까, 했는데 도무지 기억이 안 나. 그게 뭐였나, 뭐였더라, 하는데 어느 순간 다시 들리는 겁니다. 들을 때는 이게 참 분명한데 나중에는 하나도 안 떠오르고 전에는 들리기만 해도 무서웠는데 지금은 듣기에 참 좋습디다."

그러고는 괜찮다고 했습니다. 아주 다 나쁜 것만은 아니라며, "그러니까 너무 미안해하지 마요, 형님" 하고 나를 다독였습니다. 그 말이 나를 휘청거리게 했습니다. 나는 말입니다, 그런 말이나 듣자고 오경남을 찾아간 게 아니었습니다. 어떻게 그랬겠습니까. 사람이 그래서는 안 되잖아요.

그런데 선생님, 살면서 그런 것을 필요로 할 때가 있지 않습니까. 알맞게 불행하고 적당하게 행운을 누리다가 누군가를 위해 휘청거려주는 것, 그렇게 함으로써 필요한 사람에게 필요한 것을 전해주는 그런 거. 오경남의 해고로 내가 어떤 행운을 누렸다는 말을 하려는 게 아닙니다. 그런 상황에서도 오경남이 스스로를 지나치게 한쪽으로 기울였다는 것, 그것으로 무언가를 내게 몰아주려했다는 것. 전혀 기대하지 않았던 곳에서 받은 그 위로가 내게는 여전히 이해할 수 없을 만큼 낯설더라는 겁니다.

사고가 있던 그날은 오전부터 서해안 방면의 고속버스 운행이 예정되어 있었습니다. 안개가 짙다는 예보를 듣긴 했으나 그런 날씨야 흔했으므로 그렇게 큰 사고로 이어질 줄은 전혀 몰랐습니다. 무엇보다 터미널을 막 빠져나왔을 때 들리기 시작한 그것이 무슨 종류의 것인지 나는 미처 몰랐습니다. 다만 오디오의 볼륨을 키워둔 건 줄로만 알고 서둘러 줄이는데도 조금도 달라지지 않았습니다. 그러니까 그 노랫소리 말입니다. 오경남이 들었다는 그것. 승객 중에 누가 부르고 있는 건 아닐까. 괜히 그런 것에 신경을 쓰고 있는 것 아닌가 싶어서 나는 룸 미러를 통해 뒷좌석을 살폈습니다. 그러나 너무 이른 시간이었고 대부분의 승객은 잠들어 있을 뿐, 특별히 소란스러울 것 없이 조용했습니다. 그게 나를 몹시 당혹스럽게 만들었습니다. 내가 무얼 듣는 거지? 지금 듣고 있는 게 다 뭐야? 라디오를 켜고 아무 채널이나 맞춘 뒤 볼륨을 키웠습니다. 그랬는데도 그 노랫소리는 여전히 줄어들지 않고, 시끄럽게 무슨 짓이냐는 항의만 들었습니다.

"손님, 그런데 무슨 소리 안 들려요?"

"뭐가요? 무슨 소리요? 자는 사람 깨우지 말고 조용히 좀 갑시다."

내게는 분명하게 들리는 이것이 누구에게도 들리지 않는지, 그후로는 아무도 깨지 않았습니다. 나는 무서웠습니다. 버스 안에 승객들과 함께 있는데도 어딘가 외따로이 나만 떨어져 있는 것만 같고 남들은 다 저기 있는데 나만 왜 여기 있나, 왜 이렇게 되어버렸나. 그래요, 어딘가 치우쳤다는 그 기분. 뭔가 잘못 돌아가고 있었습니다. 오경남이 그랬던 것처럼 이대로 경로를 벗어나게 되는 건 아닐까. 정신을 똑바로 차리자. 함부로 사로잡히지 말고 안 들리는 척하자. 다른 것을 듣자. 휴게소에 예정보다 이른 시간에 도착해서 커피를 두 잔 마시고 자양강장제도 마시고 세수를 했습니다. 특별히 귀도 꼼꼼히 씻고 이제는 들리지 않는지 여러 번 확인했습니다만 나아진 게 전혀 없었습니다. 몸 어딘가에서 울려오듯 귀를 막아도 들렸습니다. 어딜 가든 그것이 나를 따라다녔습니다.

운전대를 다시 잡기가 나는 겁이 났습니다. 이대로 다른 곳으로 가게 되면 어떡하나. 목적지가 아니라 전혀 다른 곳에 도착하게 될 것을 상상하니 아찔했습니다. 대신 보이는 것을 더욱 집중해서 보았습니다. 전면을 주시하고 이정표를 놓치지 않기 위해 모든 신경을 곤두세웠습니다. 들리는 것은 애써 외면한 채 보이는 것만을 보았습니다. 누가 나를 부르는 것도 모르고 저기요, 기사님, 하는데도 가야 할 방향만을 바라보았습니다. 그 사람이 내 어깨를 두드렸을 때 나는 화들짝 놀랐습니다.

"부르는데 왜 대답을 안 해요. 여기 한 명 덜 탔다니까요."

상황은 자꾸 나쁘게만 흘러갔습니다. 다른 것에 정신을 쏟느라 승차 인원을 점검하지 못한 탓이었습니다. 어쩌면 더러 있을 만한 사소한 실수일지도 모릅니다. 그러나 남들에게 들리지 않는 것을 듣는 사람에게는 그런 작은 실수조차 얼마든지 치명적인 것이 될 수 있었습니다. 가까운 분기점으로 빠져나가 되돌아가야 했습니다. 챙기지 못한 승객을 서둘러 태우고 사과를 하고 원한다면 적당한 위로금을 주며 무마할 수도 있었습니다. 그런 갖가지의 대책을 세우며 나는 급하게 휴게소로 차를 돌렸습니다. 그러나 내가 두고 온 승객을 찾을 수 없었습니다. 여러 차례 경내 방송이 이어졌으나 누구 하나 나타나지 않았습니다. 대신 잠깐 자리를 비웠던 관계자가 돌아와 좀전에 어떤 여자분이 찾아왔었다고, 타고 온 버스를 찾지 못해서 한참을 헤매더라고 일러주었습니다.

"뒤따라오던 다른 버스에 다행히 자리가 남아서 먼저 그걸 태워 보냈어요."

다행이라니. 누구에게 다행이라는 뜻이었을까요. 분명 가장 나쁘게 된 건 내가 아니었습니다. 어느 순간 들리던 것이 들리지 않았습니다. 그제야 어지러운 생각을 차분하게 정리할 수 있었습니다. 어쨌든 목적지까지 승객을 태워 간 다른 수단이 있었으니까요. 필요하다면 왜 정해진 시간에 돌아오지 않았느냐며 책임을 떠넘길 수도 있었습니다. 다른 사람들로부터 왜 이렇게 출발을 지연시키냐고 항의를 받는다면, 양해를 구하고 지금까지의 정황을 설명할 생각이었습니다. 괜한 한 사람 때문에 여러분의 소중한 시간을 낭비하게 해서 죄송하다고요. 그러나 아무도 그런 불만을 제기하지 않았습니다. 대신 내가 버스로 돌아왔을 때, 흥분된 목소리의 승객이 다급하게 외쳤습니다.

"저기요, 어서 뉴스 좀 틀어봐요."

버스에 다시 시동을 걸고 비치된 텔레비전의 채널을 조정하는 동안에도 나는 무슨 영문인지 몰랐습니다. 항공 촬영된 도로의 사정은 엉망이었습니다. 여전히 다 걷히지 않은 안개 때문에 구조 작업이 더뎌지고 있다는 앵커의 설명에도 무엇이 어떻게 돌아가고 있는지 한동안 파악하지 못했습니다. 전복된 버스에서 검은 연기가 치솟는 게 보였습니다. 그런 차량들이 많았고 예정대로라면 우리도 거기 있어야 했습니다. 누군가 조용히 전화기에 대고 말하는 소리가 들렸습니다.

"아니야, 아빠. 괜찮아. 울지 마. 난 괜찮다니까. 지금 거기 안 탔다니까."

그런 말로 상대방을 안심시켰습니다.

버스 안은 적막했습니다. 통화하는 소리, 설명하고 달래고 안심시키는 소리가 이어지다가 어느 순간 무척 고요해졌습니다. 다들 가만히 자기 자리에 앉아 뜻밖의 행운을 이해해보려고 하는 듯했습니다. 너무 무거운 정적 탓에 나는 차라리 그 노랫소리가 다시 들리길 바랄 정도였습니다. 무언가 다른 데 정신을 쏟을 만한 게 필요할 만큼 그 승객의 안부만 걱정되었습니다. 앞서간 그 버스는 어떻게 됐을까. 괜찮겠지? 괜찮을 거야. 괜찮지 않을 가능성이 더 커 보이는데도 자꾸 그렇게만 믿고 싶었습니다. 무엇보다 그 여자가 아니었다면 우리는 어떻게 됐을까. 그러나 아무도 그 여자 덕분이라고 말하지 못했습니다. 우리가 누린 그 다행스러운 순간을요, 함부로 무엇이라고 결정할 수 없었습니다. 어떻게 그래요. 혹시라도 그 사고로 나쁜 일을 당했을 수도 있는데, 그 사람에 대해 책임을 지게 될지도 모르는 말을 어떻게 할 수 있었겠습니까. 다만, 놀라운 일이라고만 믿었습니다. 상식적으로는 도무지 이해가 가지 않는 일이 우리에게 일어나버렸다고.

4

만약 쥐고 있던 것이 빈 캔이 아니라 빈병이었다고 하더라도 나는 바로 그 순간 손에 힘을 잔뜩 주었을 것이다. 베인 손에서 피가 흘러도 아무것도 모르고 쥔 것을 더 세게 쥐려 했을 것이다. 나는 그 여자가 해주였다는 말을 하려는 게 아니다. 남자가 태우지 못한 그 유일한 승객이 해주였고, 거기에 대해 남자가 책임질 만한 소지가 있다는 주장을 하려는 게 아니다. 그것은 아직은 알 수 없고 앞으로 내가 알아가야 할 문제였다. 다만 지금 내가 알게 된 것, 사고를 피한 그 버스 안에 해주가 없었다는 사실만큼은 분명했다. 해주는 왜 거기에 없었나.

그 여자가 진짜 누구인지 모르기는 남자도 마찬가지였을 것이다. 그런데도 내게 미안해했다. 해주도 모르고 내가 누구인지도 모르는 사람이 무릎을 꿇고 고개를 숙이며 미안하다고 말했다.

"그런데 아무도 내게 그걸 묻지 않았거든요. 그때 왜 그랬냐고, 왜 왔던 길을 되돌아갔냐고 묻지 않고 다행이라고만 했습니다. 대신 나는 이해할 수 없는 일이 있었다고, 무언가 들리는 것이 있어서 가야 할 곳으로 가지 못했다는 말만 하는데도 사람들이 그걸 다 알아들어요. 그냥 안다고, 그럴 때가 있다고, 어떤 큰 힘이 기적처럼 도울 때가 있다고. 그런 사람들에게 내가 무얼 더 설명할 수 있었겠습니까. 대개는 믿고 싶은 것을 믿으려 하는 것 아니겠습니까. 아니라면 비난당할 게 두려웠는지 모릅니다. 그게 무서워서 나는 다 말할 수 없었습니다. 그 여자의 사정에 대해서라면 그냥 괜찮을 거라고 믿기로 했습니다. 그런데…… 선생님은 아니잖아요. 그게 궁금한 거잖아요. 내 말이 듣고 싶은 거잖습니까. 왜요? 그게 왜 궁금해요? 무슨 말이 듣고 싶은데요? 그러면 그 여자는 어떻게 된 겁니까. 선생님은 알고 있지 않습니까. 그런데 나는 정말 몰랐거든요. 일이 그렇게 될 줄은 전혀 몰랐습니다. 알았다면 달랐을까요? 내가요, 지금 하는 일이 어떻게 될 줄 미리 알았더라면 어떻게 됐겠습니까? 다 알면서도 그 사고 지점을 향해, 정해진 노선대로 그냥 운행해야 하는 겁니까? 그걸 내가 어떻게 선택할 수 있었겠습니까? 그러니까…… 그런 것들이 나는 다 미안해지더란 말입니다."

울먹이는 남자를 일으켜세우는 대신 나는 그와 마주앉았다. 마주앉아 그의 등을 두드렸다. 그런 말 하지 말라고, 그런다고 내가 더 괜찮아지는 것도 아닌데 너무 미안해하지 말라고 다독여주었다. 여전히 해주는 보고 싶고, 그립고 아픈 것들은 조금도 줄지 않았으나 그때는 그런 것들이 몹시 필요해 보였다.

해주를 떠올리면 그때 우리에게 가장 필요했던 것은 또 무엇이었나, 후회하게 된다. 왜 그러지 못했나. 한번은 새벽에 내 머리를 자꾸 쓰다듬어서 잠을 설친 적이 있었다. 뒤통수가 납작해서 만지면 기분이 이상하다고 해주가 그랬는데 이렇게까지 반듯한 걸 왜 여태 말해주지 않았느냐며 신기해했다. 별것 아닌 걸로 또 유난이라고 핀잔했으나 그때는 그냥 가만 내버려두었다. 내 손을 끌어간 해주가 자기 뒷머리를 쓰다듬게 해서 정말 나랑 다르네, 대꾸만 하고 어느 순간 다시 잠이 들어버렸다. 그랬다가도 또 얼마 안 있어 옆에서 자꾸 건드는 바람에 도로 깨기를 반복했으나 천장을 보며 바로 눕지 않고 엎드린 채 더 많은 뒤통수를 내어주었다. 누가 나를 만지는 감촉이 나쁘지 않았다.

그날 저녁, 해주가 혼자서 좀 쉬고 오겠다는 말을 했을 때도 그런 기분은 여전했다. 그랬으므로 거길 왜 가려는 거냐고 묻지 않았다. 거기가 어디냐고, 누가 거기 있는 거냐고, 무얼 준비하는 사람처럼 새벽부터 서두르는 이유가 대체 다 뭐냐고. 그런 것들을 전혀 알지 못했으므로 해주의 장례 내내 모르는 남자가 나타나 나보다 더 슬퍼할 것이 두려웠다. 그러는 순간에도 누군가내 손을 붙잡았고, 등을 두드려주고 함께 울고 그랬으나 이런 의심들에 대해서라면 함부로 터놓고 이야기할 수 없었다. 그랬다면 더 많은 위로를 들었을 것이다. 무언가를 더 이해하려 들었을 테고, 그것으로 우리를, 해주와 나를 더 안타깝게 만들었을 거라고 생각한다.

나쁜 사마리안

1

언젠가 오종구를 본 적이 있었다. 번화가 초입의 사거리였는데 가까운 곳에 지하철 출구와 곧바로 이어지는 백화점이 있어서 근처에서 누굴 만나거나 어디로 오라고 설명할 일이 생길 때마다 기준이 되는 곳이기도 했다. 그곳 화단 경계석에 오종구가 앉아 있었다. 그때 나는 당장 서두를 만한 급한 용무가 있는 게 아니었으므로 오랜만에 안부도 묻고 연락처도 나누고 서로 편한 시간을 셈해 따로 약속을 정할 수도 있었을 텐데 그러지 않았다. 제법 거리를 두고 잠깐 바라보기만 했을 뿐, 이름을 부르거나 알은척하지 않았는데 무엇보다 상대도 그러기를 바라지 않을 거라 여겼기 때문이었다. 그러다가 나중에 다른 자리에서 우리가 다시 만났을 때에도 그날 내가 너를 본 게 맞느냐, 거기 앉아 있던 게 너였지 않냐, 나는 묻지 않았다.

오종구를 다시 보게 된 것은 그로부터 몇 달 뒤의 일이었다. 그날 도경은 아침부터 뭐에 기분이 상했는지 아무리 불러도 대답하지 않았다. 거실은 온통 텔레비전 소리로 가득했는데 문 닫힌 서재 안에서도 또렷하게 들릴 정도로 지나쳤다. 제발 볼륨 좀 낮출 수 없겠냐고, 급한 나를 좀 배려해달라고 부탁했으나 하나도 나아지지 않았다. 그러다 참지 못하고 서재의 문을 벌컥 열고 나왔을 때 도경은 정작 이 상황과 무관한 사람처럼 화면에만 시선을 두고 있었다. 그러고도 한참을 나와 상대해주지 않았는데 그게 일부러 그런다 싶을 정도로 너무 오래여서 나도 나름대로 기분이 상해버렸다.

도경과 함께 있으면 나는 자주 나쁜 사람이 된 기분이 들었다. 재작년에는 혼자 월등을 다녀올 일이 있었는데 복숭아는 구경도 하지 못했다. 대신 현지에서 재배하고 말린 감을 사와 한 계절 오래 두고 먹었다. 좁은 국도에서 그걸 팔던 남자는 숙성과 건조를 여러 번 반복할수록 풀맛이 없고 식감이 좋아진다고 강조했는데 그런 말을 들었기 때문인지 내심 볕을 쐬어주거나 자연풍을 맞히며 품을 많이 들인 것을 기대했으나 컨테이너 안쪽에서는 건조기가 쉬지 않고 돌아가고 있었다. 그럼에도 당도가 높고 빛깔도 좋아서 어디 선물하기에도 괜찮았다. 더 사오지 못한 게 아쉬울 정도였는데 도경은 자꾸만 왜 복숭아가 아니었냐고 지적해서 사람을 불편하게 만들었다.

그때마다 나는 뭐가 그렇게 불만이냐고, 왜 또 그러느냐고, 없는 것만 찾지 말고 있는 거에 그냥 만족할 순 없어? 적당히 좀 살자, 적당히, 하면서 함께 싫은 소리를 할 수도 있었으나 그러지 않았다. 다음에는 꼭 그러겠다거나 미안하다는 말도 하지 않았다. 단순히 뭉개고 모른 척하면 괜찮아질 일이라고 생각했으나 오히려 나의 그런 태도가 도경에게는 어떤 확신을 갖게 만들었던 것 같다. 그것으로 더 집요해졌고 집요하게 월등과 복숭아를 연결 지으려 했다. 한편으로는 도경이 진짜 하고 싶은 말이 무언지 알 것도 같았다. 어떻게 거기까지 가서 그걸 보지 못했느냐고 묻고 싶었을 것이다. 그러니까 말린 감을 두고 진짜는 복숭아가 아쉬워서 그랬던 게 아니라, 그곳은 정말 복숭아뿐이라고, 그러니까 실은 거기 가지 않았던 게 아니냐고, 그럼 그때 어디 있었던 거냐고, 자신에게 숨기고 있는 게 대체 다 뭐냐고. 그러나 도경이 그렇게 물은 적은 한 번도 없었다. 그랬으므로 무얼 해명하거나 변명할 기회도 내게는 없었다.

도경을 만나면서도 집안 곳곳에는 아직 정리되지 않은 물건들이 남아 있었다. 내 눈에는 정말 잘 띄지 않는 것도 도경은 곧잘 발견하고는 했는데 옷장에서 자기 체형에 꼭 맞는 티셔츠를 찾았다가 당황해한 적도 있었다. 필요 없이 한 쌍인 그릇들이 많았고, 간혹 하나지만 분명 짝이 있었을 법한 것도 남아 있었다. 책장에서 무얼 펼쳤다가 나와 다른 필체를 발견한다거나, 함께 텔레비전을 보다가 우리도 저기 가지 않았느냐, 반가운 마음에 내가 물어서 서먹해진 날도 있었다. 어디에 쓰는지 몰라 그냥 방치해둔 것도 있었는데 도경은 왜 아직 이런 게 남아 있느냐고 묻지 않고 화장을 지우는 데 그걸 유용하게 사용했다. 무엇보다 욕실에는 낡은 수건이 걸려 있었다. 낡았으나 거기 뭐라 적혀 있는지만큼은 분명히 알아볼 수 있었다. 해주와 나의 결혼식 날 하객들에게 선물하고 남은 것 중 하나였다. 그리고 그것 모두를 도경은 묵묵히 견뎌주었다. 그게 나를 더 미안한 사람으로 만들어버렸다.

재작년, 해주의 기일에 나는 해주의 아버지를 만나고 왔다. 그것으로 마지막이었다. 월등에서 삼십 분쯤, 국도를 따라 서쪽으로 운전하면 담수호에 닿을 수 있었다. 하류에 다목적 댐을 세워서 가둔 물이 검고 넓었는데 모르고 보면 그게 꼭 바다처럼 보였다. 그러나 처음 그곳을 방문했을 때 해주는 그 아래 수몰지구가 있다고 말해주었다. 아버지가 다니던 학교와 나고 자란 마을도 저기 있다며 물 한가운데를 가리켰으나 어딜 봐도 주변이 다 비슷해 보였다.

나중에 해주의 아버지와 단둘이 그곳을 다시 찾았을 때에도 비슷한 말을 들을 수 있었다. 그랬는데도 그때와는 무언가 많이 달라진 것 같았다. 그러니까 여전히 망향비가 세워져 있고 실향민이 있고 수몰된 마을은 여전한데도 무언가를 더 잃어버린 듯한 기분이 들었다. 내가 잃은 것은 오직 해주 하나뿐이었으나 더 크고 많은 것, 잃을 수 있는 거의 전부를 잃어버린 사람처럼 마음이 아팠다. 해주의 아버지도 그랬을 것이다. 나를 보면서 해주를 떠올리고 있었을 것이다. 깊고 검은 물을 보면서 우리가 공유하고 아끼던 가장 큰 부분이 지금 없다는 사실을 실감했다.

우리는 한동안 서로를 조심스럽게 대하다가 어느 순간에 이르러 참지 못하고 서럽게 울기 시작했다. 창피할 것도 없고, 멈출 생각도 없이 함께 해주를 그리워했다. 그런 와중에 나는 도경에 대한 이야기도 들려주었다. 다시 오지 못할 이유들에 대해 설명하다가 도경을 보면서 자꾸 그 사람을 떠올린다고, 그게 너무 미안하다고, 아버님에게도 미안하고, 해주한테도 미안한데, 한 사람에게 쯤은 덜 미안해지고 싶다고…… 두서도 없고 정연한 데도 전혀 없는 내 말을 그는 모두 이해해주었다. 그랬으므로 그곳에서 나는 아무것도 볼 수 없었다. 어쩌면 서울로 돌아오는 길에 주변은 이미 복숭아뿐이고 벌써 그런 것들로 가득했을지 모르지만 도무지 그걸 알아보지 못할 만큼 나는 해주가 더 보고 싶었다.

거실의 텔레비전은 그날 오랫동안 꺼지지 않았다. 서재에 앉아서 나는 우리를 암담하게 만드는 일들을 떠올렸다. 이런 것들이 차곡차곡 쌓여 언젠가 도경도 더 버티지 못하고 무너지는 날이 오지 않을까. 그게 당장 지금일지도 모른다는 생각에 불안해졌다. 그리고 얼마 안 있어 어쩌면 내가 도경을 부른 게 아닐지도 모른다는 의심이 들기 시작했다. 줄곧 한곳만 바라보고 모른 척할 만한 이유라면 아무래도 그래서이지 않았을까. 도경이 아니라 다른 이름이지 않았나. 본래 그래야 맞는다는 것처럼 하나도 어색하지 않게 내가 방금 해주를 부르고 있었던 건 아닐까. 그랬으므로 다 듣고 있지만 애써 안 들리는 척할 수밖에 없었을 것이다. 더 난처한 상황을 피하고 싶었을 텐데, 다른 것 없이 오직 내가 도경을 그렇게 만들어버린 유일한 원인이지 않았을까.

케이블 채널에서는 지난 예능 프로그램을 재방송하고 있었다. 녹음된 방청객의 웃음소리는 여전히 크고 높았으나 이전과는 다르게 전혀 귀에 들어오지 않았다. 그걸 보고 있을 도경만 나는 자꾸 신경 쓰였다. 무엇이든 온전히 도경만을 위한 일을 해주고 싶었으나 무얼 해야 좋을지 하나도 떠오르지 않았다. 다만 도경의 곁에 앉아 도경이 보는 것을 함께 바라볼 뿐이었다. 너무 오래 혼자 두었다는 생각에 걱정되었다. 그런 마음으로 나를 보지 않는 도경의 옆모습도 바라보았다. 이미 너무 멀리 가버린 게 아닐까. 변함없이 사람들은 과장되게 웃고 떠드는데, 그게 아니라면 어떻게 이런 장면 앞에서 이토록 슬픈 표정을 지을 수 있나.

대신 나는 도경의 발을 가만히 내려보다가 내 쪽으로 끌어왔다. 그러고는 발바닥을 주무르며 딱딱해진 뒤꿈치를 지적했다. 왜 또 벌써 이러냐, 더운물에 불렸다가 잘 말려라, 식초나 귤껍질이 좋다더라, 힘없는 말들을 멈추지 않았다. 그러니까 그것으로 무언가 달라질 거라고 기대했던 것이다. 당장 도경을 웃게 할 수는 없겠지만 지금과 반대쪽으로 다리를 뻗고 눕기를, 내 무릎에 머리를 올려두고 함께 텔레비전을 시청하는 화목한 장면으로 돌아오기를 기다렸다. 그리고 그런 순간 어디쯤에서 나는 오종구를 다시 볼 수 있었다.

2

오종구가 출연한 방송은 십수 년 동안 동시간대 시청률 1위를 유지하며 장수중인 프로그램이었다. 주로 제2차세계대전 당시의 비화라든지 유에프오와 관련된 음모론, 매릴린 먼로가 실은 약물 중독으로 사망한 게 아니라 타살되었고, 여기에는 존 에프 케네디의 동생이 연루되어 있으나 정작 케네디를 암살한 진범은 오즈월드가 아니었다, 라는 식의 다소 검증하기 어려운 역사적 미스터리를 다루는 것으로 유명했다.

1949년 스탈린 치하의 소련에서는 인간의 배설물을 화학적으로 분석하여 심리상태를 파악하려는 프로젝트가 극비리에 진행되었는데, 당시 모스크바를 방문중인 마오쩌둥 역시 이 실험의 대상자였다. 그리고 해당 에피소드에서 오종구는 마오쩌둥의 수행원 역할을 맡았다. 별다른 대사도 없이 줄곧 긴장된 자세로 서 있기만 하는 그를 나는 알아볼 수 있었다.

오종구가 배우가 되었다는 사실에 나는 적지 않게 놀랐다. 공무원이나 자영업자처럼 평범한 쪽을 예상했다기보다는 오랫동안 꿈만 꾸다가 결국에는 포기하는 쪽일 거라고 생각했기 때문이었다. 무엇보다 그런 일을 하기에는 긴장을 많이 했고, 긴장하면 말을 더듬었는데 지금은 괜찮은 건가. 같은 대학을 다니면서 오종구의 연극을 몇 번 본 적이 있었다. 주로 작은 배역이었고 그마저도 보는 사람을 긴장하게 만드는 서툰 연기였다. 오종구가 소속된 극단은 규모가 작았으나 나름의 위계가 뚜렷한 동아리였다. 해마다 두 편씩 정기적으로 공연했고 학년이 가장 높은 부원이 연출을 맡았는데 같은 학번 중에서 유일하게 극단을 떠나지 않은 오종구에게도 기회가 돌아왔다. 그러나 그해의 공연은 초연도 제대로 올리지 못한 채 무산되었다. 현진건의 단편소설 「운수 좋은 날」을 각색한 무대였는데 그 자리에는 나도 있었다.

주인공이 등장한 지 얼마 되지 않아 공연은 중단되었다. 끌고

가던 인력거의 바퀴가 빠져버렸던 것이다. 김첨지를 맡은 배우의 대처가 제법 훌륭했으므로 한동안 관객들은 무엇이 잘못되었는지 눈치채지 못했다. 혼자 들기엔 너무 무거워 보이는 바퀴를 나름대로 한번 끼워보려고 애쓰는 게 다 연기로 보였다. 그러다 오종구가 무대 위로 올라왔다. 시대 배경에 맞지 않는 디즈니 캐릭터 티셔츠를 입은 그가 관객석의 조명을 켜게 한 뒤 사과했는데 중요한 소품이 이렇게 되었으니 공연을 더 진행시키기가 어렵다는 것이 요지였다. 그걸 더듬거리며 말하는 오종구의 표정은 진지하다 못해 경직되어 있었으나 그 상황 자체는 관객들을 한참 동안 웃게 만들었다.

그날 새벽까지 나는 오종구와 함께 술을 마셔주었다. 이런 상황에서 무얼 어떻게 위로해야 할지 몰랐으므로 줄곧 그냥 듣기만 했다. 괜찮다거나 나중에 더 잘할 거라는 말을 하기에는 그렇지 않을 거라는 걸 우리 모두가 너무 잘 알고 있었다. 어느 순간 엉망으로 취한 오종구는 사람들은 다들 비슷한 말을 한다고, 실은 다들 어디서 들었던 말을 반복하고 있는 게 아닐까 의심이 든다고 한참을 주정했다. 그러니까 그게 마치 본래 자기 말인 것처럼 연기를 하고 있고, 그걸 들키지 않으려고 부단히 애쓰는 게 내 눈에는 빤히 보이는데 왜 아무도 그걸 지적하지 않아? 아니면 우리는 오늘이 다 처음이니까 다 같이 서툴고 그래야 하는데 왜 어떤 사람은 능숙해? 나는 이렇게 어려운 일들이 왜 남들은 아무렇지도 않아?

하는 말들을 나는 아무 호응도 하지 않고 묵묵히 들어만 주었다. 그리고 이후 오랫동안 오종구를 잊고 지냈다. 졸업하고 드물게 연락을 주고받았으나 언제부턴가는 그마저도 없이 자연스럽게 멀어져버렸다. 대신 오종구가 내게 했던 말들은 이따금씩 기억이 났다. 특별히 그와 관련지었던 것은 아니고, 언젠가 이런 말을 들었던 것 같은데 왜 이 순간 불현듯 떠오르나, 별 이유도 없이 사람을 왜 쓸쓸하게 하나, 무언가를 견디거나 버텨야 할 때 주로 그랬다.

이후로 나는 오종구를 자주 볼 수 있었다. 몇 번 도경과 함께 텔레비전을 보다가 저 사람이 나와 동문이라고, 대학에서 나랑 친했는데 요즘엔 저기 나온다며 화면을 가리킨 적도 있었다. 그런데도 도경은 번번이 제대로 알아보지 못했다.

"누가? 누굴 말하는 거야? 지금 저 외국인이 당신을 안다는 거야?"

딱히 도경이 산만해서라기보다는 대체로 너무 짧았고, 급하게 다른 장면으로 넘어가버렸기 때문이었다.

오종구의 연기가 전에 비해 아주 나아진 것은 아니었으나 배역과는 잘 어울렸다. 무엇보다 대사도 없고 비중도 없는 역할이 대부분이라 본래의 의도대로 눈에 띄지 않고 주변과 잘 어울렸다. 말하자면 중요하지 않은 인물을 중요하지 않게 연기했는데 예를 들어 카메라가 테이블을 비추면 주인공의 어깨 너머로 오종구가 앉아 있었다. 같은 공간에서 서빙을 하는 웨이터로 또 한번 등장하기도 하고, 당나라 무역항에서 소매업을 하는 중국인 상인이 되기도 하고, 전장에서 쓰러지는 왜군 중 한 명으로 나오기도 했다. 그리고 나는 그때마다 번화가에서 보았던 어느 날의 오종구를 함께 떠올렸다. 지금과는 다르게 그때는 가장 주목을 받는 사람이었다. 주말 저녁이었고 행인들로 북적였는데 그러나 그런 사정과는 전혀 상관없이 오종구는 화단 경계석에 앉아 큰 소리로 울고 있었다. 상가에서 흘러나오는 노래들로 주변은 소란스러웠다. 대부분 빠르고 강렬한 곡조였는데 그런 것조차 아득하게 들릴 만큼 오종구의 모습이 두드러져 보였다. 멀지 않은 곳에서 나는 오종구를 지켜보는 중이었다. 여기서 왜 이러고 있느냐, 무슨 일이 있었던 거냐, 말리거나 위로하지 않고 거기 있던 많은 사람들처럼 아무것도 하지 않았다. 그 많은 사람 중에서 오직 오종구만은 유일하게 무언가를 하는 듯 보였다. 우리 중 유일하게 비극적인 배역을 맡은 사람처럼 몹시 중요해 보였던 것이다.

나는 이따금씩 내가 알고 지내던 사람들이 모르는 사람처럼 멀어 보일 때가 있는데 적어도 그때만큼은 그들도 그렇게 되기를 바랐기 때문이라고 생각한다. 그러니까 우리는 매일 다른 것이 되고 싶고, 평소에는 전혀 않던 말을 하기도 하고, 처음 보는 사람인데도 속엣말을 털어놓는 이유가 다 그런 거라고. 그렇게 자신과 멀어진 다음에야 지금 여기가 어딘지, 또 내가 진짜 누구인지를 깨닫게 되는 게 아닐까.

한번은 느지막이 회식을 마치고 홀로 돌아가는 길에 불 꺼진 상점 안을 유심히 들여다본 적이 있었다. 유리벽 안쪽에 진열된 물건들이 평소 보던 것과는 너무 달라서 기분이 이상했는데 누가 나를 보는 일도 이렇지 않나, 어느 순간 너무 낯설게 느껴지진 않았을까, 그런데도 그 순간이 어떻게 지나갔더라, 내가 그걸 다 어떻게 견뎠었나, 생각했다. 그러고는 턱이 높지 않은 상가 앞 계단에 앉아 길 건너편을 보다가 인적이 드문 거리를 둘러보기도 하고, 멀리서 누군가 달려오는 것을 확인하며 자리에서 일어섰다. 상대 쪽에서도 나를 금세 알아보았다. 늦어서 미안하다고 사과를 하더니 곧장 주차된 곳을 확인하고는 키를 건네받았다. 그러니까 차량 쪽으로 앞장서 걸어가는 남자의 뒤통수를 따라가며 나는 그가 다름 아닌 오종구라는 것을 알 수 있었다.

3

시내를 가로지르는 도로는 밤늦은 시간인데도 평소보다 많이 정체되었다. 대신 우회하는 외곽 도로를 알고 있어서 안내했는데 가는 동안 곳곳에 공사 구간을 알리는 표지판이 세워져 있었다.

결국 진입로에 이르렀을 때에야 더 갈 수 없다는 걸 확인했고 그런 이유로 왔던 길을 다시 돌아가야만 했다. 그런데도 오종구는 그게 다 자기 탓인 양 내게 미안해하는 게 사람을 몹시 불편하게 만들었다.

무엇보다 그때라도 내가 먼저 이름을 부르고, 오랜만이라고, 떨어져 지내는 동안 어떻게 살았냐고, 그간 몰랐던 일들에 대해 이것저것 묻고 나누고 할 수 있었을 텐데 그러지 못했다. 머릿속으로만 그래야겠다 생각할 뿐 어쩐지 선뜻 나서기 어려웠다. 조수석이 아니라 괜히 뒷자리에 앉은 것도 후회되었다. 더 자연스러운 방법이 있었을 텐데 이제는 그걸 하지 못할 만큼 때를 놓친 것 같아서 주저했다. 룸 미러에 혹시 내가 비치는 건 아닐까, 내 표정을 지금 오종구가 보고 있는 건 아닐까 주의하게 되었다. 아니면 그냥 취하거나 잠든 척 무심하게 굴 수도 있었다. 그러나 그날의 도로 사정은 무언가를 계속 설명하게 만들었다. 분명 우리 앞에서 자주 신호가 걸렸던 것은 틀림없긴 했으나 그런 것조차 편하게 넘기지 못하는 오종구에게 아니다, 괜찮다, 여기가 원래 그러더라, 같은 말들을 해야 하는 상황이 자꾸만 생겨났던 것이다. 그러나 나를 더 조바심나게 한 점은 어쩌면 지금이 그보다 더 민망한 상황일 수도 있다는 생각 때문이었다. 그러니까 오종구도 나와 다르지 않다는 것. 그도 나를 알아보았고, 내가 무얼 의식하고 있는지도 이미 다 알고 있으면서 혹시 모른 척하는 게 아닐까. 어딘가 내가 어색하게 행동하고 있고 그 이유에 대해서라면 벌써 다 눈치를 채고 있었는지 모른다. 룸 미러를 통해 오종구와 눈이 마주쳤을 때 나는 황급하게 눈길을 돌렸다. 다시 조심스럽게 확인했을 땐 오종구의 표정이 조금 묘했으므로 그런 생각은 더욱 굳어져갔다. 그러다 기껏 내가 꺼낸 시작은 이런 것이었다.

"저, 실례지만 혹시 우리가 어디서 만난 적이 있던가요?"

무안한 기색을 숨기며 나는 오종구에게 물었다. 바로 알아보기엔 우리가 보지 못한 시간이 길었다는 사실이 좋은 핑계가 될 수도 있을 것 같았다. 더구나 이런 식의 재회가 오종구에게도 나름 겸연쩍은 일이었을 것이다. 그랬으므로 그 역시 쑥스러움을 감추지 못하고 다소 격앙된 말투로 대답했던 것이다.

"맞구나. 아까부터 계속 뒤에서 그렇게 쳐다보시길래, 난 또 혹시나 싶었는데…… 알아보신 거 맞네. 그거 아마, 텔레비전일 거예요. 〈서프라이즈〉 아시죠? 왜 일요일 아침에 하는 그거. 아마 거기서 보셨을 겁니다."

2004년 9월, 세르비아의 유망한 승마 선수 프래그 캐리어가 경기중 낙마 사고를 당한 후 응급조치 미흡으로 현장에서 사망했다. 시신은 생전에 교육 목적으로 기증에 동의했기에 지역의 한 대학병원으로 옮겨졌는데, 실습생들이 부패를 막기 위해 포르말린 용액을 도포하던 중에 깨어났다고 한다. 한편, 일본의 오카와 미사

오는 향년 117세로 최장수 인류로 공인받았는데, 이후 스페인의 곤살로 페르난데스가 그보다 한 해를 더 살았다는 주장이 제기되었다. 다만, 페르난데스가 99세에 심장마비로 사망하고 닷새 뒤 다시 깨어났을 땐 사망신고 절차가 모두 끝난 다음이었다. 그의 가족들은 복잡하고 비효율적인 관료제를 비판하며, 당시에는 그가 그뒤로 십구 년이나 더 살게 될 줄 몰랐으므로 행정상의 번거로운 일을 되풀이하고 싶지 않았다고 증언했다.

수술 도중 사망했다가 기적적으로 회생한 사례는 국내에서도 종종 보고됐는데, 의료 과실을 회피하기 위한 병원측의 허무맹랑한 주장이라는 반박 역시 만만치 않았다. 그리고 작년 2월, MBC 〈신비한 TV 서프라이즈〉 임사 체험 편에서 오종구는 주인공과 같은 병동에 입원한 환자로 출연했다.

"그런데요, 사장님. 비슷한 경험이 내게도 있거든요. 다섯 살 때던가 유원지에 놀러가서 물에 빠진 적이 있는데 어머니는 방금까지 옆에 있던 애가 보이질 않으니까 유괴라도 당한 게 아닌가 싶어서 엉뚱한 곳에서 한참을 헤맸다고 했습니다. 왔던 길을 되돌아가보기도 하고, 함부로 남자 화장실에 들어가보기도 하고, 누구라도 들을 수 있게 내 이름을 크게 불러댔습니다. 그러나 돌아오는 대답은 전혀 없고 불길한 예감만 커져갔습니다. 곧바로 어머니는 가까운 공중전화로 달려갔는데 그 앞에서도 당장 무얼 어떻게 해야 할지 도무지 떠오르지 않아서, 어디에 신고해야 하나, 112가 몇 번이지? 112가 몇 번이더라? 수화기만 오래 들고 있었다고 했습니다. 그러다 얼마 뒤, 내가 발견된 곳은 거기서 멀지 않은 호숫가였습니다. 당시 보트를 타고 있던 대학생들이 물에 빠진 나를 건졌다는데, 미아보호소에 안전하게 나를 인계한 그들에게 어머니는 제대로 사례를 표할 생각도 하지 못했습니다. 그보다 젖은 나를 사정없이 후려치는 게 먼저였습니다. 그때는 그게 몹시 아프고 억울하기만 했거든요."

도로의 사정은 좀처럼 나아질 기미를 보이지 않았다. 더구나 난처한 나의 사정과는 다르게 오종구는 어딘가 들떠 보였다.

"그런데 요즘 들어서는 자꾸 다른 생각이 듭니다. 가끔 나는 그때가 기억나요. 꿈에 나오기도 하고. 그럼 이상하게 기분이 편안해져요. 물속에서 숨을 쉬었던 것 같기도 하고, 아니라면 수영을 배운 것도 아닌데 어떻게 그 오랜 시간을 버틸 수 있었을까. 어쩌면 그때 나는 이미 죽었던 게 아닌가…… 의심이 듭니다. 그런 대단한 일을 겪고도 정말 하나도 모르고 살았던 게 아닐까."

촬영을 모두 마치고 나서야, 한동안 잊고 있던 그 사고에 대해 오종구는 다시 떠올릴 수 있었다고 했다. 그러고는 방송 당시 시청률이 좋아서 케이블에서도 자주 재방송되는 에피소드 중 하나라 나름 레전드 편으로 꼽힌다고 덧붙였다.

"그러니까 혹시 그걸 보신 거 아닙니까?"

아니면 예언가 특집 때였냐고, 거기서 일본인 무당 역으로 나왔는데 아마 그때 나를 본 게 아니냐, 하는 식으로 자꾸 확인하려 들었다. 하지 않아도 될 말들도 많이 했는데 이를테면 자신의 사정에 대해서, 무명배우의 어려운 생계라든지, 어려서 아버지가 일찍 돌아가셔서 고생을 많이 했다, 지금도 어렵지만 전에는 더 어려웠다, 주말이나 연휴 때는 출연료보다 대리기사로 버는 수입이 더 많다, 그럼에도 좋아질 가능성들, 구체적으로 그게 무엇이고 앞으로 무얼 기대하는지 같은 것들로 한참을 더 떠들었다.

"윤정이도 신인 때는 여기서 고생을 많이 했거든요."

"윤정희요?"

"아니, 아니. 트로트 가수 장윤정."

"그 사람도 거기 나왔습니까?"

"모르셨구나."

한편으로는 오종구가 나를 알아보지 못했다는 생각에 안심했다. 그가 바라는 대부분은 계획해서 이룰 만한 종류라기보다는 순전히 우연이나 운 아닌가. 그런 사람이 되기보다는 그러지 못할 확률이 더 높지 않나. 만약 우리가 다른 곳에서 만났더라면 나는 그런 것 모두를 지적하려 했을지도 모른다. 반가운 마음에 서로 안부를 묻고, 함께 술도 마시고, 그러다 한껏 취해서는 예전부터 마음에 담아둔 말들을 쏟아내고 싶어했을 것이다. 그러나 그때는 전혀 그럴 수 없었다. 무엇보다 함부로 참견할 수 없을 만큼 아주 먼 사람으로 오종구는 나를 오해하고 있었다.

대신에, 할 수 있게 된 말들도 그래서 많았다고 생각한다. 나인 줄 알았다면 하지 않았을 법한 이야기들을 오종구는 계속 들려주었다. 그러니까 사람들은 이따금씩 이상한 말을 하기도 하고, 그런 말들 중에는 언제고 기회가 되면 하고 싶었으나 누구에게도 터놓고 할 수 없어서 차라리 아무에게나 하는 편이 더 나은 것들도 있지 않나. 어쩌면 오종구도 그걸 바랐을 것이다. 누군가 들어주고, 돌아오는 말 없이 그냥 그대로 멀어져주기를 아마 기대하지 않았을까. 그랬으므로 그렇게 많은 말을 한꺼번에 쏟아냈던 것 같다. 적어도 그 순간만큼은 그랬을 거라고 나는 믿고 있었다.

4

사장님은 어떻습니까. 사는 게 견딜 만합니까. 나는 말입니다, 세상이 당장 망하더라도 이상할 게 하나도 없다고 생각합니다. 주변에 내가 아는 사람들도 다들 그렇거든요. 불만이 많아요. 부당하고 불공정하고 그래서 억울한 일도 많으니까 뭐라도 바뀌어야 한다고 믿습니다만, 그게 어디 쉽게 됩니까. 나아지진 않고 자꾸 더 나빠만 지잖아요. 아무도 바라지 않는데 그냥 그렇게 되어버리는 거잖아요. 종종 나는 이런 생각이 듭니다. 어쩌면 우리가 모르는 다른 세계가 진짜 따로 존재하는 건 아닌가. 프리메이슨이라든가, 나사NASA의 달 착륙 조작설 같은 이야기를 사장님도 들어보지 않았습니까. 초등학교를 중퇴한 셰익스피어가 어떻게 그런 세기의 명작들을 쓸 수 있었겠습니까. 실은 처음부터 없었던 인물일지도 모릅니다. 그게 아니라면 왜 하필 자신의 묘비명에 '나의 무덤을 가만두어라'라고 남긴 걸까요. 뭔가 켕기는 게 있으니까 그런 거 아니겠습니까.

지금 나를 어떻게 생각하고 있을지 짐작이 갑니다. 그러나 그런 허황된 말을 내가 다 믿는다는 뜻이 아닙니다. 그것 모두 진실이라고 주장을 하려는 것도 아니고, 다만 그런 의심이 도움이 되는 순간이 있더라는 겁니다. 한때는 나도 화가 많았습니다. 누군가 나를 줄곧 망치고 있다는 생각에 원망이 많았거든요. 어째서인지 자꾸 일이 풀리지 않고, 왜 나만 이러나, 왜 나만 매번 망하나 싶을 때 탓할 만한 대상이 있다는 건 참 편리하지 않습니까. 원인과 결과가 명확해지고, 그것만 아니라면 괜찮을 것 같은 모종의 안도감이 들잖아요. 그런 면에서 보자면 〈서프라이즈〉는 말입니다, 위로가 참 많이 됩니다.

한번은 촬영을 마치고 문득 이런 생각이 들었습니다. 어쩌면 내게도 그런 일이 벌어진 게 아닐까. 그 무렵 어머니의 건강 상태가 몹시 좋지 않았습니다. 누우면 등이 불편하다고 자주 그랬는데, 병원에 좀 가보라고 하면 늙어서 얻은 병이 본래 다 그렇다며 미루기만 했습니다. 그때 좀더 일찍 모셨다면 괜찮았을까요. 더 서둘러 대처를 했더라면 손쓸 수 없을 만큼 전이되었다는 무책임한 말을 듣지 않았을지도 모릅니다. 그런데도 나는 자꾸 나쁜 생각만 들었습니다. 무엇보다, 더 빨리 발견되었다고 하더라도 다르지 않았을 거라고요. 그 큰 수술비를 어떻게 마련해야 할지 도무지 엄두가 나지 않았습니다. 혹시나 이런 마음을 들키지는 않을까 어머니를 볼 때마다 나는 미안했습니다.

촬영장에서도 제대로 집중을 할 수가 없었습니다. 카메라가 돌아가는데도 당일의 출연료를 따져보고, 부족한 병원비가 얼마인지 셈하느라 머릿속이 복잡했습니다. 더 나아질 가망은 없고, 지금의 상태를 유지하는 데 드는 비용만으로도 이미 부담스러웠습니다. 촬영이 없는 날을 골라 할 수 있을 만한 일을 구하고, 거기에 예산을 더 보탠다고 하더라도 좀처럼 답이 나오지 않는 문제였습니다. 그런데 그날의 녹화는 어딘가 좀 달랐습니다. 수술 도중 과다 출혈로 사망하는 환자가 주인공이었는데 그게 나와 먼 이야기 같지가 않았거든요. 죽은 아버지를 붙들고 통곡하는 아역 배우의 연기가 제법이었습니다. 그런데 어쩐 일인지 그걸 보는 내 기분이 아주 묘해지더라는 겁니다. 당일 내가 찍어야 할 분량은 이미 더 남아 있지 않았으나 나는 오랫동안 촬영장을 떠나지 못했습니다. 다음 장면에서 주인공은 잠에서 깬 듯 기지개를 켜며 일어날 예정이었습니다. 그러고는 아무렇지 않게 일상생활로 돌아간

다는 에피소드 말입니다. 그러니까 그 임사 체험 편. 그건 누구도 아닌 바로 내 이야기였습니다. 어릴 때였고 살면서 잊고 지내긴 했으나 덕분에 그날의 일들이 생생히 떠올랐습니다. 당시에는 전혀 의심하지 않았던 일들이요, 아주 분명해졌던 것입니다.

사장님, 세상에는 도무지 설명할 수 없는 일들이 부지기수로 일어나고, 그건 때때로 우리에게 위안이 되어줍니다. 서로 다른 곳으로 입양된 쌍둥이가 우연히 같은 여행지에서 만나게 된다든가 하는 놀라운 사연들로 사람들이 감동받는 이유가 다 무엇이겠습니까. 그런 일들이 아주 허무맹랑하게만 들리지는 않기 때문이잖아요. 어쩌면 내게도 그런 일이 생기지는 않을까, 감당할 수 없는 일들을 조금쯤 견딜 만한 것으로 만들어주거든요.

촬영장을 벗어나자마자 나는 곧바로 어머니가 입원해 있는 병원으로 향했습니다. 당직 간호사밖에 없는 늦은 시간이었고 야간 택시비가 하나도 아깝지 않았습니다. 다만, 수척해진 어머니를 보는 일은 여전히 힘들었습니다. 마른입에서 나는 냄새도 나빴습니다. 늦은 시간에 어쩐 일이냐, 혹시 무슨 일이 있는 게 아니냐, 걱정하는 목소리는 탁하고 미약했지만 나를 쓰다듬는 손만큼은 아직 따뜻해서 사람을 허물어지게 만들었습니다. 그 작은 손을 붙잡고 나는 터져나오려는 무언가를 쏟지 않기 위해 겨우 버텼습니다.

"엄마, 그거 기억나? 어렸을 때 우리 유원지 갔었잖아. 거기서 나 잃어버릴 뻔한 거 기억나?"

그러고는 없었던 일인 양 아주 잊어버리고 살았던 지난날을 함께 떠올렸습니다.

"그때가 언제냐. 그 어릴 때 일을 네가 진짜 기억한다고?"

나는 세차게 고개를 끄덕였습니다. 그것으로 어머니가 무언가 위안을 받기를 기대했습니다. 서둘러 어머니에게 그 일에 대해 들려주고 싶었습니다. 그러니까 당신도 어서 기운을 내라고, 다시 괜찮아질 수 있다고요. 그런 사례는 이미 너무 많고 아주 멀지도 않다고 말할 생각이었습니다. 그게 여기 있어요. 나도 그랬다니까. 엄마는 몰랐겠지만 내가 그때 죽었어요. 죽었다가 다시 살아났어요. 그러니까 엄마도 계속 살아요…… 그러나 어머니의 태도는 내가 기대했던 것과는 무척 달랐습니다. 바라보는 시선이 이전과 다르게 낯설었습니다. 무엇보다 눈에 띄게 당황해하더니 내가 하려는 말을 끊어버리고는 전에 없이 냉랭한 태도로 말했습니다.

"그런데 이제 와서 그 이야기를 꺼내는 이유가 대체 다 뭐냐?"

남은 기력을 다해 잡은 손을 뿌리치며 돌아누웠습니다. 그러고는 전혀 뜻밖의 소리를 하는 게 아니겠습니까. 어머니는 도무지 내가 이해할 수 없는 말들만 늘어놓았습니다. 오죽했으면 내가 그랬겠냐. 그때는 나도 힘들었다. 여자 혼자서 애 하나 키우는 게 좀 어려운 줄 아냐. 독한 마음으로 거기까지 데려간 건 맞지만 그래도 진짜 버리지는 않지 않았냐. 그런데도 너는 뭐냐? 키운 은혜도 모르고 이 병든 어미를 지금 버리시겠다?

사장님, 나는 말입니다. 세상이 당장 망한다고 하더라도 이상할 게 전혀 없다고 생각합니다. 그런데도 왜 정말 그렇게 되지를 않나. 어쩌면 우리가 이해하기에는 더 복잡한 무언가가 이미 작동하고 있는 게 아닐까요. 얼마 전에는 횡단보도 앞에서 누가 그래요, 왜 멀뚱히 거기 서서 길을 막고 있느냐고요. 그러고는 우리가 부딪혀서 들고 있던 소지품이 바닥에 쏟아진 게 다 내 탓인 양 화를 냈습니다. 이후로 어머니의 상태는 더 나빠지다가 나중에는 의식이 돌아오지 않을 만큼 심각해졌습니다. 괜히 내가 그런 말을 해서 그런 게 아닌가, 상황을 더 악화시킨 게 모두 내 책임인 것만 같았습니다. 그런 무거운 마음 때문에 바뀐 신호 따위에 신경쓰지 못한 것은 맞습니다만, 그러나 내가 본 것은 그것과는 다른 상황이었거든요. 떨어진 물건을 줍느라 몸을 숙이는 바로 그 순간 신호를 무시하고 우리 바로 앞을 빠르게 지나간 트럭이 있었습니다.

"괜찮아요? 어디 다친 데 없어요?"

하마터면 더 큰 사고로 이어질 뻔한 상황이었습니다. 그런데도 그 사람은 내가 무얼 묻고 있는지 전혀 이해하지 못했습니다.

"뭐가요, 뭐요? 사람들 바쁜데 불편하게 지금 뭐하는 겁니까?"

방금 무슨 일이 벌어졌는지 아무것도 모르면서 자기 물건들을 챙기는 데만 급급했습니다. 그러고는 다음 신호에 서둘러 멀어졌습니다. 나는 한참 동안 그 횡단보도를 건널 수 없었습니다. 주변의 모든 풍경은 변함이 없었으나 내가 지금껏 알던 세계와는 전혀 다른 곳에 와 있는 것처럼 낯설었습니다. 그러니까 어쩌면 우리는 정말 아무것도 모르고 있는 게 아닐까.

사람은 말입니다, 앞으로 어떻게 될지도 모르면서 지금의 선택이 더 나은 쪽일 거라고 맹신하는 존재들 아닙니까. 그로부터 생겨난 불운이라면 무언가 다른 이유가 개입했을 거라고 의심부터 하려 들지 않습니까. 그런데 그런 것들이 어떤 일의 결괏값이 아니라 원인이라면요? 당장의 작은 사고가 더 큰 불상사를 피하는 동기라면요? 조금의 불편함으로 더 크고 엄청난 재앙을 피했던 걸 수도 있는데, 아무것도 모르고 눈앞의 불편함만 불평했던 게 아닌가. 더구나 전체적으로 보자면 나의 불행이 세상을 더 좋은 쪽으로 만드는 데 기여하고 있는지도 모릅니다. 아니라면, 선량한 마음으로 도왔는데 실은 그 사람을 더 나쁜 상황으로 내모는 게 아닌지 내가 어떻게 알 수 있는 겁니까. 나중에라도 나를 원망하고 탓하게 될지 전혀 확신할 수 없는 일 아닙니까.

한편으로는 내가 경험한 그 신비한 일에 대해 모르고 살았던 게 차라리 다행이지 않나 싶기도 합니다. 살면서 누구나 힘든 날이 있지 않습니까. 그런 일을 겪으면서도 어떻게든 그걸 버티려고 하잖아요. 하다못해 가만 엎드리고 웅크린 채 그냥 지금의 상황이 어서 지나가기만 기다리잖아요. 겨우 그런 것밖에 할 수 없으니까, 지금으로서는 가장 최선의 방법이라고 믿을 수밖에 없는 거잖습니까. 그런데 그러지 않아도 된다는 걸 아는 사람이라면 어떻겠습니까. 무언가 다른 선택이 있다면요. 나는 이미 한 번 죽은 몸입니다. 죽음 뒤의 또다른 세계를 경험했습니다. 그곳은 안락하고 편안한데다가 우리가 사는 이곳처럼 구질구질하지도 야박하지도 않았습니다. 그걸 내가 아주 오랜 세월 잊고 있었거든요. 그러니까 다름 아닌 바로 그 이유 때문에 여지껏 내가 버틸 수 있었던 게 아닌가.

중환자실로 옮겨진 어머니는 이후 두어 달을 호흡기에 의존한 채 연명했습니다. 회생할 가능성은 아주 희박한데도 전선과 호스로 연결된 기계장치는 지나치게 무거워 보였습니다. 복잡하게 얽힌 가닥 중 하나라도 끊어버린다면 어떻게 되는 건가. 그 한 가닥으로 사람의 생사를 결정할 수 있다는 게 새삼 놀랍기까지 했습니다. 어쩌면 그쪽이 어머니에게도 더 나은 편이지 않나.

사람들은요, 정말 하나도 몰라요. 그러나 내 경우는 다릅니다. 이 뒤에 뭐가 있는지 나는 경험적으로 알고 있습니다. 더 편안하고 안전한 세계, 끝나지 않고 지속되는 다른 시공간이 분명 존재한다는 걸 내가 압니다. 원무과에서 아직 정산하지 못한 금액을 확인받던 날, 나는 마음을 더욱 굳힐 수 있었습니다. 담당 의사에게서 이후 필요한 절차에 대한 설명을 들었습니다. 심의위원회가 열릴 것이고, 별다른 문제가 없다면 예정대로 진행될 거라고 했습니다. 특별히 나를 부추기거나 말리지도 않고 사무적인 태도를 유지하려 했습니다. 그편이 내게는 더 도움이 되었습니다. 그러고는 내가 앞으로 처리해야 될 일들에 대해 일러주었습니다. 보다 복잡하고 어려운 과정을 예상했으나 종합하자면 결국 서류 몇 곳에 서명하는 일이 전부였습니다. 그런데도 동의서를 받아든 내 손은 몹시 떨리더군요. 우리에게 더 좋은 일이라고 분명 확신하면서도 그 순간 나는 너무 두려워졌습니다. 그러니까 혹시 아니면 어떡하지? 내가 그때 죽었던 게 아니라 다 착각이고 오해면 어떡해. 아니, 그보다 치료를 중단했는데 기적처럼 어머니가 다시 깨어난다면? 그래서 진짜 내가 당신을 버린 거라고 서운해하기라도 한다면…… 그걸 내가 다 어떻게 감당해야 하나, 이런 생각이 나는 자꾸 들더라는 겁니다.

5

번화가에서 내가 오종구를 봤던 것도 아마 그 무렵이었을지 모른다. 사람 많은 곳에서 서럽게 울 만한 이유라면 아무래도 그래서였을 거라고 나는 짐작했다. 정체 구간을 빠져나온 자동차는 한적한 곳을 지나 아파트 단지와 가까운 사거리에서 다시 신호를 받아 정차했다. 복잡한 도로는 이제 더 없었으나 어딘가 마음 한편이 갈피를 잡을 수 없을 만큼 어지러웠다. 그리고 나는 어느 순간에 오종구도 지금 대화하고 있는 사람이 누구인지 알아차린 게 아닐까 생각했다.

"그런데 그날 말입니다. 동의서에 서명을 하고 나오는데 조금 이상한 장면을 보았습니다."

병원을 빠져나와 오종구는 한참을 걸었다고 했다. 큰길을 따라왔던 곳이 더 보이지 않을 정도로 아주 멀어졌다고 생각했는데, 가까운 곳에 지하철역도 있고 버스 정류장도 있어서 거기 주저앉아 타고 내리는 사람들을 멍하니 바라보다가 지금 자기가 어디에 있는지, 어떤 곳에 앉아 있었는지 알게 되었다고 했다. 야간인데도 주변에 비해 환한 곳이었다. 돌아본 뒤편으로 대형 광고 패널이 걸려 있고, 거기에는 어머니가 입원해 있던 병원의 상호가 떠 있었다. 넓은 주차장 시설, 편리한 대중교통, 조문객을 위한 충분한 공간과 쾌적한 장례 시설 같은 문구도 읽을 수 있었다. 오종구는 그게 정말이지 참을 수 없었다고 말했다.

"그러고는 한참을 울었습니다. 내가 미안해할 만한 이유가 하나도 없는데, 그게 더 좋은 쪽이란 걸 정말 모르는 것도 아닌데 쏟아지는 눈물은 전혀 멈추지가 않았습니다. 무엇보다 이토록 많은 사람 중에 아무도 나를 이해하지 못할 거라는 생각에 너무 외로워졌습니다. 그런데 그 순간 누가 나를 지켜보고 있다는 게 느껴졌습니다."

정확히 언제였는지 확신할 수는 없으나 오종구도 내가 누구인지 알았을 것이다. 그래서 굳이 그런 말을 덧붙이려고 했던 게 아닐까.

"기분이 이상했습니다. 다른 사람들처럼 가던 길을 가거나 훔쳐보는 게 아니라 똑바로 나를 쳐다보면서 그 사람도 지금 울고 있잖아요. 어쩌면 그 사람에게도 나름의 사정이 있었을지 모릅니다. 그런데도 그때는 왜 그랬는지 그냥 다 고맙다는 생각이 들더군요."

아니라면 그렇게 서둘러 자리를 벗어날 이유가 없었을 것이다. 비용을 받지도 않고, 돌아가는 길이 어디냐고 묻지도 않은 채, 어두운 쪽을 향해 허둥지둥 달려가지 않았을 것이다. 무엇보다 그때 왜 그랬었냐고, 너는 또 무슨 이유로 거기서 울고 있었던 거냐고, 오종구는 내게 묻거나 이해하려 들지 않았다.

도경을 생각하면, 결국 우리가 헤어지고야 말 거라는 생각에 나는 불안해진다. 그럴 만한 기미는 이미 도처에 있고, 그렇지 않을 경우보다 훨씬 더 그럴듯해 보이기 때문이다. 그럼에도 만약 우리를 아프게 하는 일들이 전혀 없었더라면 또 어땠을까 가늠하게 된다. 그때도 아직 여전했을까. 미안한 일 하나도 없이 마냥 좋은 일들로 가득했다면, 그 외에 뭐라 이름 붙이기 어려운 이유들로 우리가 더 복잡하게 얽혀 있다는 걸 무엇으로 확인할 수 있었을까.

그러니까 좀처럼 훼손되거나 아주 멀어지는 일은 정말 없을 거라는 기대를 내가 가질 수나 있었을까.

한번은 도경이 해주에 대해 언급한 일이 있었다. 작은 부주의였고 그로부터 생겨날 더 위험한 가능성들을 지적하며 내가 화를 낸 날이었다. 그것으로 심하게 말다툼을 했는데 그 끝에 도경도 참지 못하고 소리쳤다.

"왜 그래, 뭐가 그렇게 당신을 불안하게 하는데. 나는 그 사람이 아니잖아. 그렇게 되지 않아. 그렇게 쉽게 죽지 않는다고."

해주의 문제로 다툰 것은 그때가 유일했다. 그리고 다시 그런 일이 벌어진다면 아마 그게 우리의 마지막일 거라고, 우리를 지탱해온 모든 것들이 힘을 잃을 거라고, 더이상은 도경도 참거나 견디려 하지 않을 거라고 느꼈다. 그러니까 아무리 열심히 도경의 딱딱한 뒤꿈치를 주물러준다고 하더라도 절대 화해되지 않을 순간이 결국 오고야 말 거라고 나는 확신했다.

그로부터 얼마 지나지 않아, 나는 서럽게 울고 있던 오종구를 마주치게 되었다. 번화가 초입의 사거리에서였는데 그 근처에서 도경이 기다리고 있었다. 그리고 그날 나는 오종구보다 먼저 해주를 보았던 것 같다. 의심의 여지 없이 아주 분명한 사실임에도 불구하고 어째서인지 그것을 확인하고 싶어 도무지 참을 수가 없었다. 세상에 해주가 없다는 것은 이미 자명한 일인데도, 그 수많은 인파 속에서 방금 본 사람이 정말 해주가 맞는지 다시 찾아보려고 나는 아주 오랜 시간을 헤매버렸다.

한참 뒤에 다시 돌아왔을 때, 도경은 여전히 그곳에서 나를 기다리고 있었다. 나는 내가 이토록 늦을 수밖에 없었던 이유에 대해 모두 털어놓을 생각이었다. 그것으로 우리의 관계도 끝나게 될지 몰랐지만 그마저 감당할 수 있을 만큼 해주가 보고 싶었기 때문이었다. 그랬다면, 도경은 담담하게 모든 것을 받아들였을지도 모른다. 화를 내거나 비겁하다거나 자신이 견뎌온 것 내가 나빴던 것 모두를 늘어놓으며 어차피 이렇게 될 줄 알았다고, 더 빨리 끝내지 못한 순간들을 두고두고 아쉬워했을 것이다. 그렇게 모질게 굴어도 될 만큼 도경은 충분히 지쳐 보였다. 그럼에도 그러지 않았다. 잠깐 내 표정을 살필 뿐 거기에 대해서는 아무런 말도 하지 않고, 대신 오는 길에 혹시 그 사람을 보았느냐고만 물었다. 길에서 누가 울고 있더라, 사람들 많은데 진짜 크게 울더라, 너무 힘들더라도 당신은 그렇게 길에서 울고 그러지 마, 울더라도 아는 척은 하지 말고, 창피하게…… 그런 말들로 나를 웃기려 들었다.

해원

1

사고가 있기 두 시간 전, 해원은 야구공을 잃어버렸다. 가볍게 던졌으나 방향이 좋지 않았다. 아이가 잡기에는 너무 먼데다가 떨어진 자리도 나빴다. 덤불이 우거진 곳이었다.

"이쪽이에요, 엄마. 이쪽으로 날아갔어요."

언덕과 맞닿은 수로 쪽을 노아가 가리켰다. 경사가 없어서 다행히 멀리 굴러갈 일은 없었다. 대신 얕게 고인 물에서 고약한 냄새가 났다. 거의 흐르지 않았다. 무언지 모를 부유물도 떠다녔다. 이끼나 벌레들. 살았는지 죽었는지 모를 만한 것들. 노아는 고개를 한껏 내밀어 주변을 두리번거렸다. 언제라도 뛰어들 준비가 되어 있었다.

"여기 어딘가에 있을 거야."

아이의 어깨를 부드럽게 짚으며 해원이 말했다. 아무래도 그럴 가능성이 높았다. 그러나 낮은 관목들은 가지가 억셌다. 먹을 수 없는 붉은 열매가 맺혀 있었다. 당장은 아니더라도 언제든 해가 될 수 있는 것들이 공원을 둘러싸고 촘촘하게 조경되어 있었다. 안쪽으로 깊어질수록 덤불이 엉켜 더 짙고 어두워졌다. 선명한 경계. 들어가지 마시오. 해원은 노아를 안전한 '바깥쪽'에 세워두었다. 엄마는 괜찮아. 하지만 넌 아니야. 너는 들어갈 수 없어. 해원은 아이가 자신의 말을 잘 지키고 있는지 다시 한번 확인한 뒤, 수로 쪽으로 건너갔다.

서두르는 기색을 보이고 싶지 않았다. 그러나 되도록 빨리 찾는 게 좋을 것 같았다. 아이는 초조해할 것이다. 사물마다 나름의 의미를 부여하기 좋아할 만한 나이였으니까. 한번은 곤충 도감을 읽다가 '멸종'이라는 단어가 무슨 뜻이냐고 물은 적도 있었다. 그 무렵에는 바퀴목과 사마귀목, 집게벌레목을 구분할 줄 알았다. 거미는 이로운 곤충이라고 고집을 부리던 날도 있었다. 보이는 모든 벌레를 직접 손바닥 위에 올리고 관찰하고 싶어했다. 그때마다 해원은 혹시라도 입에 넣지는 않을까, 불안했다. 도대체가 어디에 이롭다는 건가. 길앞잡이, 톱사슴벌레, 점박이꽃무지, 큰이십팔점

박이무당벌레, 먹가뢰, 거위벌레…… 아동용 학습 도서일 뿐인데 지나치게 많은 것을 담아놓은 게 아닌가. 해원으로서는 들어본 적도 없는 이름들이었다. 이후로 화분 아래 시커먼 개미떼를 보고도 해원은 참아야 했다. 노아가 다른 곳으로 자리를 옮길 때까지 기다린 뒤에야 문제를 해결할 수 있었다. 세상의 모든 개미가 멸종이라도 될 것처럼 겁을 내는 모습을 차마 모른 척할 수 없었기 때문이었다.

해원은 수로 건너편에서 기다리는 아이를 다시 돌아보았다. 작고 심각한 얼굴을 향해, 아직 발견되지 않았을 뿐 완전히 사라진 것은 아니라고 말해주고 싶었다. 그러나 끝내 발견할 수 없다면? 고작 야구공 하나로 잃어야 할 것들이 너무 많았다. 무엇보다 윤재가 주입했던 것들, 야구공 하나로 가르칠 수 있는 모든 것. 아버지로서의 권위, 존경심, 경외감, 단지 파울볼 하나에서 시작되는 연쇄반응들. 능숙한 외야수처럼, 그것도 맨손으로 잡아냈다고 했다. 아무나 발휘할 수 없는 그 놀라운 능력.

"대단해요, 아빠!"

야구공을 건네받은 노아는 소리쳤을 것이다. 윤재는 경기 내내 갖가지 상황을 예측하고 설명했을 것이다. 복잡한 경기 규칙을 아이가 이해할 수 있도록 노력했을 것이다. 어쩌면 나쁜 말을 했을지도 모른다. 텔레비전 중계에 몰입할 때도 윤재는 자주 부주의해

졌으니까. 그때마다 해원은 경고했다. 손닿는 아무 곳이나 소리 나게 때렸다.

"조심해, 애가 듣잖아."

그러나 해원은 당시 그곳에 없었다. 주자 1, 3루 투 아웃. 초구 를 타격한 좌타자의 공이 3루 쪽 내야 펜스를 넘어오는 것을 보지 못했다. 있었다면 아마 화를 냈을지도 모른다. 너무 위험하다고, 하마터면 우리 애가 다칠 뻔하지 않았느냐고.

그날 저녁, 해원이 보지 못한 그 굉장한 사건에 대해 노아는 되 도록 자세히 설명해주었다. 어떤 부분은 반복됐고 과장된 부분이 많았다. 덧붙여 자신이 새롭게 배운 경기 규칙과 출전 선수 명단 을 해원에게 읊어주기도 했다.

"이해했어요?"

해원은 고개를 끄덕였다. 윤재의 동작을 서툴게 흉내내며 정말 알아듣는 거예요? 물으면 진짜는 그렇지 않지만, 그렇다고 대답 했다.

전체적으로 보자면 좋은 쪽으로 흘러가고 있다고 해원은 생각 했다. 한편으로는 아이의 흥분이 좀처럼 가라앉을 기미를 보이지 않자 묘한 소외감을 느끼기도 했다. 윤재를 바라보았다. 그런 감 정은 누구라도 쉽게 설명할 수 없는 종류의 것이었다. 스포츠 케 이블 방송에서는 오늘의 경기를 요약해주고 있었다. 그곳 어디에 도 대단한 파울볼에 대한 내용은 없었다. 무엇보다 그 엄청난 일

화에 해원만 누락되어 있었다. 그런데도 완벽한 하나의 이야기가
될 수 있다는 게 왠지 서운했다.

공원은 비교적 잘 관리되어 있었지만 보이지 않는 쪽은 그렇지
않았다. 함부로 자란 풀더미 사이로 벌레가 꼬였다. 버려진 것들
이 많았다. 깨진 도기 그릇도 있었는데 심어놓은 듯 흙을 반쯤 덮
고 있었다. 드러난 부분은 뼛조각처럼 하얬다. 무심코 해원의 몸이
움찔거렸다.
"찾았어요?"
줄곧 제 엄마의 움직임을 지켜보던 노아가 물었다.
"아직."
해원이 대답했다.
"하지만 괜찮아. '아직' 여기에 있을 거야."
그러나 아이의 걱정스러운 표정은 좀처럼 풀리지 않았다. 결정
되지 않은 일에 대해 벌써부터 불안해하고 있었다. 그것으로 모든
걸 잃은 듯이 상심해했다. 야구공을 잃어버림으로써 야구공과 관
련된 기억들도 함께 잃어버릴 것처럼 굴었다. 정확히는 아빠를 잃
게 되는 것이다. 그것도 두 번씩이나.
한번은 노아가 부주의하게 식탁 의자를 넘어뜨린 적이 있었다.
거기에 올려둔 그릇들도 함께 쏟아지는 바람에 크게 다칠 뻔했다.
해원은 놀란 마음에 아이의 몸 여기저기를 더듬었다. 발등이 붉었

으나 흉터가 남을 것 같지는 않았다. 노아는 울지 않았다. 다만 차분하게 깨진 그릇 조각을 줍기만 했다. 이후로도 해원은 그런 장면들을 자주 목격해야만 했다.

"괜찮아요."

괜찮지 않으면서 괜찮다고 자주 말했다. 그런 얼굴을 해원은 또다시 보고 싶지 않았다. 장례를 마치고 아이는 부쩍 더 자라버린 것 같았다. 무언가를 견디는 법을 스스로 깨달아버렸다. 이따금 아직 사정을 모르는 사람들에게서 전화가 걸려올 때도 있었다. 그러면 제법 어른스럽게 전후 상황을 설명할 줄도 알았다.

"아니요, 아빠는 이제 여기 안 계세요. 얼마 전에 멸종됐거든요."

잃어버린 것은 본래의 의미보다 더 큰 의미를 지니게 될 게 분명했다. 해원은 어떻게든 찾아주고 싶었다. 찾기만 한다면, 오히려 좋은 경험이 될 수도 있었다. 교육적인 측면에서 보자면 새롭게 무언가를 배우게 될 기회였다. 노력과 최선을 말할 때 함께 들려줄 만한 좋은 사례. 긍정적인 메시지를 줄 수 있었다.

"그것 봐, 엄마가 뭐랬어?"

실제로, 해원은 방금 잃어버린 야구공을 발견해냈다. 아직 아무것도 모르는 아이는 덤불 건너편에서 불안하게 엄마를 바라보고 있었다. 올해로 열 살이 되었고, 이제 해원의 말을 더 신뢰하게 될 터였다. 차분한 목소리로, 그러나 조금은 의기양양하게, 해원이 노아의 이름을 불렀다.

2

해원은 아이에게 가르쳐주고 싶은 것들이 많았다. 거의 비슷한 이유로 반대의 경우도 적지 않았다. 결국엔 어떻게든 알게 될 테지만, 되도록 느지막이 알게 되었으면 좋겠다고 생각하는 것들이 있었다. 그쪽이 더 아이에게 도움이 될 거라고 믿었다.

얼마 전, 학교에서 돌아온 노아가 물었다.

"남자끼리 손을 잡는 게 이상한 거예요?"

겨우 한 학년이 올랐을 뿐인데 달라지는 것들이 생겼다. 늘 하던 것을 했을 뿐인데 문제가 되었다. 당연시했던 것들이 다른 상황에서는 낯설어지는 경우를 노아는 아직 이해하지 못했다. 그런 것들에 대해서라면 언제든 해원에게 질문할 준비가 되어 있었다. 윤재가 살아 있을 때는 윤재에게 대신 미룰 수 있었다. 적어도 난감한 문제에 대해 상의할 수 있었다.

이런 일들은 인내심과 자제력을 필요로 했다. 공공장소에서 어린 자녀의 뺨을 때리는 젊은 엄마를 본 적도 있었다. 거리 한복판에 아이를 세워둔 채 여자는 전화를 받고 있었다. 아이들은 주변의 모든 것을 놀이로 변환시키는 능력을 가졌다. 유리벽 안에 있는 동물들에 대해 관심을 가질 만한 나이였다. 두드리고 주의를 받았다.

"좀더 크게 말해봐. 안 들려. 아, 진짜. 가만 좀 있어. 엄마가 지금 통화중이잖니! 아니, 애가 옆에 있어서. 우리 애라고, 애한테 한 소리라니까. 됐어, 하던 말이나 계속 해봐. 그래서 뭘 어쩌겠다는 거야?"

대부분의 아이들은 이런 상황에서 주눅이 든다. 부모가 소리를 지르는 이유와 원인을 빠르게 파악한다. 방금 내가 무얼 했지? 하지 말아야 할 것을 구분한다.

"정신 사나우니까 제발 그만 좀 해."

그와 동시에 해도 괜찮을 만한 것을 찾아낸다. 이를테면 소리 내지 않고 유리벽에 진동을 주는 방법을 스스로 개발하게 되는 것이다. 그리고 이제 아이는 다른 방식의 '두드리기'를 시작한다. 무기력한 강아지들이 몸을 뒤척이거나 꼬리를 움직일 때마다 일종의 알고리즘 패턴을 이해하게 된다. 그러나 이런 상황에서 대부분의 엄마들은 자기가 그 유리벽 안에 있는 기분을 느낀다. 무언가를 견뎌야 하는 순간이 오는 것이다.

"몇 번을 말해. 그만 좀 해! 제발 그만 좀 하라고!"

아주 순식간에 여자는 아이의 뺨을 두 번 때렸다. 빠르고 간결한 동작이었다. 그러고는 아이의 작고 가는 팔을 낚아챘다. 아이의 몸이 한쪽으로 심하게 기울었다.

해원은 언제든 자신도 그런 상황에 빠질 수 있다고 생각했다. 참을성 없이 감정에 휘둘리는 것을 경계했다.

"짜증나게 좀 하지 마!"

소리치지 않기 위해 애썼다.

"다시 한번 설명해볼래?"

들키지 않게 심호흡하는 방법을 연습했다. 되도록 아이가 스스로 답을 찾을 수 있도록 유도했다.

많은 육아 서적에서 하나같이 강조하는 점은 친구 모드와 권위 모드를 균형 있게 운용해야 한다는 것이었다. 칭찬하기, 만들어주지 말고 함께 만들기, 혼자 재우기, 부탁하듯이 말하기, 조건 없이 베풀기. 워킹맘을 위한 구체적인 조언들도 있었다. 퇴근 후 힘들이지 않고 아이와 놀아주는 일곱 가지 방법.

그러나 문제는 열 명의 부모가 같은 도서를 읽었다고 했을 때, 서로 다른 열 권을 읽은 것과 거의 같은 효과를 본다는 것이다.

누군가가 먼저 지적한다.

"애한테 큰소리로 화 좀 내지 마. 차분해진 다음에, 당신 감정을 조금 누그러뜨린 후에 뭐가 잘못됐는지 설명하란 말이야."

그러나 상대방은 인정하지 않을 것이다.

"무슨 소리야, 잘못을 했는데 지적하지 말라고? 다음이라고? 다음에 언제? 그렇게 되면 내가 다른 이유 때문에 화를 내는 거라고 오해할 거야. 이유도 없이 지금 자기가 괜한 화풀이 대상이 되었다고 받아들일 거라고. 우리 애가 그렇게 크길 바란다는 거야?"

이 경우, 부부는 같은 저자의 책에서 서로 다른 문장에 주목했을 확률이 높다. 무엇보다 이런 경험적인 자료들이 모여, 모든 자녀는 개별적으로 특별하며 내 아이를 돌볼 수 있는 것은 결국 나뿐이라는 결론에 도달해버린다. 결과적으로 어떤 전문가의 말이라고 하더라도 아무런 조언이 되지 않는다.

노아가 다시 물었다.

"남자끼리 손을 잡는 게 이상한 거냐구요."

"왜 그렇게 묻는 거니? 네 의견은 어떤데?"

아이는 생각에 잠겼다. 고작 백여 개월 남짓의 경험을 조합하기 시작했다. 그리고 그사이 해원도 적절한 답을 찾아야 했다. 아이가 먼저 좋은 해답을 찾고 그녀가 동의와 칭찬을 곁들이는 것이 가장 이상적인 결말이었다. 그러나 그러지 못할 상황을 대비해야 했다. 아이는 부모의 말에 매우 의지한다. 만약, 그것을 충족시키지 못하면 부모를 대상으로 한 실망감을 배운다. 언제고 알게 되겠지만, 적어도 유예를 위한 노력이 필요했다. 해원은 그런 상황을 대비해 노아의 네 배 가까운 경험들을 되새기며 적절한 선택항을 미리 준비해놔야 했다.

"잘 모르겠어요."

아이는 주눅이 든 표정으로 말했다. 사랑을 듬뿍 받고 자란 아이들은 대개 실패에 익숙하지 않다는 기사를 읽은 적이 있었다. 그런 상황에서 염두에 두어야 할 점은 아이의 가치관 결정에 어떻게 자연스러운 영향을 미치느냐였다.

"내 생각엔 잘못된 일은 아닌 거 같은데."

해원은 노아를 자기 품으로 오게 했다. 아직 작고 부드러웠다. 무엇보다 아직은 견딜 만했다. 멀지 않은 미래에 맞닥뜨릴 게 거의 분명한 질문들에 비하면 가벼운 편에 속했다. 언젠가 이 아이도 자라서 피임에 대해 궁금해하겠지? 아직은 아니었다.

"하지만 손을 잡고 싶을 땐 친구에게 먼저 꼭 물어보는 게 어떻겠니? 상대방이 불편해한다면 하지 않는 게 좋을 것 같아."

청유형의 문장에는 자기암시적인 요소가 있어서 설득력을 높일 수 있었다. 문제를 해결하는 데 혼자가 아니라는 안도감과 필요하다면 도움을 받을 수 있다는 기대감을 심어준다는 것이 전문가들의 공통된 주장이었다.

3

"가까이 오지 마."

그러나 이번에는 해원도 참지 못하고 명령했다. 거기 있으라고 했잖아! 아이는 벌써 덤불 안쪽으로 몇 걸음 들어와 있었다. 고르지 않고 울퉁불퉁한 바닥을 뒤뚱거리며 더 안쪽으로 들어오려 했다. 해원의 눈에는 몹시 성급하고 위태로운 동작으로 보였다.

"찾았어요?"

노아는 자기 눈으로 그것을 직접 확인하고 싶어했다. 안 된다면 조금이라도 더 빨리 자기 쪽으로 던져주기를 바랐다.

"아니야, 아무것도 아니니까 어서 나가."

공이라고 생각했던 것은 새였다. 정확히는 깃털이 해체되고 부패한 새였다. 잘못 본 게 아닐까? 진짜는 그냥 공일 수도 있잖아. 죽은 새를 공으로 오해한 것처럼 실은 반대일 수도 있는 거잖아. 그녀는 방금 자신이 본 게 무엇인지 정확히 확인하고 싶었다. 그러나 그쪽으로는 다시 돌아보지 않았다. 뭐예요? 아이는 집요하게 물을 것이다. 거기 뭐가 있는데요?

노아는 영리한 아이였다. 무엇보다 하나를 배우면 다른 부분을 추론하거나 응용해내는 데 뛰어났다. 그런 아이들의 단점은 성급하게 결론을 내릴 위험이 높다는 점이다. 이를테면 노아는 죽은 새를 통해 추상적인 것을 구체화할 염려가 있었다. 마른 사체와 우글거리는 벌레를 뚫어지게 보면서 두려워할 것이다. 그리고 질문을 하겠지.

'아빠도 저렇게 된 거예요?'

자, 이제 우리 그만 쳐다볼까.

빌어먹을 청유형은 그때 가서는 하나도 먹혀들지 않을 것이다.

공원에서 돌아온 해원은 노아를 먼저 욕실로 들여보냈다. 그러고는 거실에 혼자 남아, 상황을 더 나쁘게 만들지 않기 위해 할 수 있는 방법에 대해 생각하려 했다. 아이가 너무 일찍 씻고 나오지는 않을까 해원은 초조해졌다. 윤재가 옆에 있었더라면 아마 그녀를 안심시켰을 것이다. 그냥 공일 뿐이잖아. 그러나 윤재는 없고 윤재의 자리를 대신하던 공이었다. 해원이 어떻게 할 수 있는 문제가 아니었다.

"그냥 공일 뿐이야. 네 아빠가 아니라."

아이는 설득되지 않을 것이다. 해원으로서는 결코 할 수 없는 종류의 말이었다. 처음부터 그녀는 그것과 무관한 사람이었다.

아주 오랫동안 해원은 윤재의 죽음을 이해해보고 싶었다. 뇌간에서 시작된 종양이 척수를 타고 폐와 간으로 흘러가는 동안 윤재는 전혀 다른 사람이 되어버렸다. 무서운 속도로 증발하기 시작했다. 데운 물에 수건을 적셔 아침저녁으로 몸을 닦아줄 때마다 해원은 그것을 확인할 수 있었다. 보자기 뒤에 숨겨놓은 물건을 바꿔치기하는 조악한 마술처럼 비둘기, 토끼, 동전, 트럼프 카드, 매일매일 다른 것이 되어갔다. 그러나 해원이 알고 싶은 것은 의학적인 소견이 아니었다. 어디서부터 잘못된 걸까. 우리가 잘못한 게 무엇이었나. 무얼 하고, 무얼 하지 말았어야 했지?

나쁜 상황을 가정하고 실제로 그런 일들이 일어날 가능성에 대해 걱정하는 쪽은 언제나 해원이었다. 한 벌의 카드를 임의로 섞었을 때, 본래의 배열 그대로 돌아오는 경우는 거의 없었다. 확률상으로 분명 존재하지만 현실적으로는 불가능한 일이었다. 그러나 해원은 조심스러운 사람이었고, 아주 작은 경우라고 하더라도 자기 인생 중 어느 때, 완벽하게 맞아떨어지는 순간이 올 수 있다고 믿었다.

뉴스에서 언젠가 가본 적이 있는 관광지가 나올 때도 그런 기분이었다. 연휴를 맞아 교통사고가 급증하고 있다고 했고, 나들이객, 일가족, 충돌, 전복과 사망 등의 단어가 이어졌다.

"괜한 걱정 좀 제발 하지 마."

그때마다 해원을 설득하는 것은 윤재의 몫이었다. 그러나 윤재는 틀렸고 그녀가 옳았다. 윤재는 죽었고 그녀가 살아남았다. 이제 와서는 모든 것이 분명해졌다. 그런 일은 너무 쉽게 일어나버린다. 아무 잘못도 없이, 아무 조짐도 없이.

전혀 반대의 경우도 있었다. 모든 것이 이유가 되어버렸다. 차라리 그때 우리도 사고를 당했더라면 어땠을까. 다치고 부러지고 했더라면. 전복되고 충돌했다면. 병들어 아주 죽지 않고 다만 크게 다치기만 했더라면. 왜 그러지 못했나.

무엇보다 해원이 염려하는 것은 노아 역시 마찬가지라는 점이었다. 어떻게든 제 아빠를 이해하고 싶어했다. 윤재가 아니었다면 해원은 아이에게 이렇게 경고했을 것이다.

"손을 씻어, 병에 걸리지 않으려면 자주 손을 씻어야 돼."

하지만 그럴 수 없었다. 그렇게 말한다면, 아이는 여기에 자신이 알고 있는 다른 의미들을 더할 게 분명했다.

"손을 씻어! 너도 네 아빠처럼 되지 않으려면 당장 손을 씻으라고!"

고민 끝에 해원은 서재로 들어갔다. 책상에 딸려 있는 삼단 높이의 서랍장에서 가장 크고 깊은 맨 아래 칸을 열어보았다. 거기에는 여러 권의 노트가 빼곡하게 들어 있었다. 그중 아직 다 쓰지 않은 몇 권을 따로 골라냈다. 아주 새것보다는 절반쯤 사용한 것이 적당하다고 해원은 생각했다. 그리고 잠시 뒤, 욕실에서 아이가 막 나왔을 때 해원은 말했다.

"엄마를 좀 도와주겠니?"

저녁 메뉴를 고르게 하고 조리에 필요한 식자재가 무엇인지 물었다. 그 밖의 부족한 것들, 거실과 화장실로 공간을 한정하고 각각 필요한 것들을 생각하게 했다. 그러고는 노아가 주도적으로 구매 목록을 작성하도록 유도했다. 방금 꺼내온 노트를 펼쳐 그곳에 적게 했다.

마트는 넓고 많은 것이 있었다. 운이 좋다면, 야구공을 대체할 만한 무언가를 발견할 수도 있었다. 그러지 못하더라도 아이는 지금 윤재가 쓰던 노트에 무언가를 함께 쓰고 있었다.

"좋아, 이만하면 된 것 같아."

나중에는 윤재의 필체를 흉내내려 할지도 몰랐다. 그것으로 아이가 제 아빠를 아주 잃게 된 것은 아니라는 안도감을 갖기를 기대했다.

그들 모자는 다시 외출을 준비했다. 간소한 차림이었다. 마트까지는 멀지 않았다. 고작 횡단보도를 두 번 건너면 될 뿐이었다. 그리고 이제 막 그 첫번째 신호등이 바뀌었을 때 해원은 노아의 머리를 쓰다듬었다. 약국과 제과점 사이를 지나는 동안에도 아이의 머리카락은 아직 다 마르지 않았다.

"여기서 잠깐만 기다려줄 수 있겠니?"

몸을 숙이며 해원이 말했다.

"금방이면 돼."

4

야구공을 잃어버리고 두 시간 뒤, 해원은 챙겨야 할 무언가를 잊어버렸다. 사소하지만 그 순간만큼은 아주 중요한 것. 정육 코너에서 사용할 수 있는 쿠폰이 있었다. 할인율이 아주 크지는 않았으나 모아놓고 보면 제법 되는 금액이었다. 정해진 기한이 있었고 해원은 매번 그것을 놓쳤다. 그때마다 어딘가 손해를 본 기분이 들었다. 그러나 이번에는 아니었다. 집에서 멀어지기 전에 그 것을 떠올린 것을 해원은 다행이라고 생각했다. 노아의 머리를 쓰다듬으며 해원이 말했다.

"잠깐이야, 금방 다녀올게."

그러나 그렇게 되지 않았다. 집안에 들어서자마자 해원은 텔레비전 왼쪽에 놓인 서랍장을 서둘러 살폈다. 고지서와 영수증, 찾을 때마다 보이지 않던 배달 음식점의 전단지들이 있었다. 다음 칸에는 조그맣고 당장은 쓸모없는 것들, 건전지와 오래된 기념품들, 어디에서 떨어져나온 것 같은 장식도 있었다. 그러나 할인 쿠폰은 보이지 않았다. 해원은 마지막 칸을 마저 열어본 뒤에야 다시 처음의 서랍으로 돌아가 그것을 찾을 수 있었다. 처음 열었던 칸 속 전단지들 사이에 끼여 있었다. 그리고 그사이 트럭은 사거리 초입으로 막 들어서는 중이었다.

현장에 도착했을 땐 이미 모든 일이 벌어진 뒤였다. 해원은 당시 상황 중 어느 것도 보지 못했다. 대신 목격자가 많았다. 전면이 찌그러진 트럭이 견인차에 옮겨지고 있었다. 젊은 경찰관 두 명이 남은 상황을 수습하고 있었다. 갑자기 인도로 달려들었어요. 노아와 자주 가던 제과점의 점원이 무언가를 설명하고 있었다. 가로수를 들이받았으나 만약 상가가 밀집한 반대쪽이었더라면 더 큰 사고로 이어졌을 거라고도 했다. 그러고는 멀지 않은 곳에서 노아를 찾으며 두리번거리는 해원을 알아보았다.

"저기, 그 아이 엄마예요."

점원이 해원을 가리켰다.

병원에 도착하자마자 당장 해원이 처리해야 할 일들이 있었다. 응급실로 이송된 아이는 곧바로 수술실로 옮겨졌다고 담당자는 설명했다. 그러고는 해원에게 수속에 필요한 절차와 원무과의 위치를 안내해주었다. 그뿐이었다. 누구도 노아가 지금 어떤 상황인지는 말해주지 않았다. 해원은 그게 가장 두려웠다. 어떤 말이 돌아올지 몰랐으므로 함부로 물을 수도 없었다. 그런 상황에서 가장 가볍게 할 수 있는 말, 별일 아니다, 괜찮을 것이다, 낙관하는 위로를 누구도 하지 않았다.

상황이 이렇게 자꾸 나빠지는 데에는 어딘가 시작이 되는 지점이 있었을 것이다. 그에 걸맞은 원인이 있었을 것이고, 무엇보다 그게 가장 문제였을 거라고 해원은 생각했다. 그리고 결제를 위해 지갑을 열던 해원은 결국 로비 앞에서 주저앉아버렸다. 지금의 이 상황을 설명해줄 무언가를 해원은 방금 발견했던 것이다. 지갑 안에는 마트의 정기 할인 쿠폰이 들어 있었다.

자정에 가까워서야 해원은 병원을 빠져나왔다. 수술은 예정보다 길어졌다. 어쩌면 예정에 맞게 길어졌을 뿐인지도 몰랐다. 모르는 사이에 위급한 순간이 이미 몇 차례 지나갔고 결국에는 가장 나쁜 상황을 마주하게 될 수도 있었다. 그럼에도 별로 할 수 있는 일이 없다는 게 해원을 더 초조하게 만들었다.

병원에서 멀지 않은 곳에 그 공원이 있었다. 다만 낮에 보던 풍경과는 전혀 달랐다. 덤불은 더 짙고 수로는 더 깊어 보였다. 그럼에도 해원은 조금의 망설임도 없이 그 안쪽으로 뛰어들었다. 그러고는 바닥을 더듬기 시작했다. 분명 이쯤이라고 생각했던 곳에는 축축한 풀과 나뭇잎뿐이었다. 주변이 어두워서 제대로 분간할 수 없었으나 해원이 찾는 것은 아니었다.

"거기 누굽니까?"

해원의 뒤쪽으로 밝은 불빛이 비추어졌다.

"이 밤에 거기서 뭐해요? 뭐 잃어버린 거라도 있어요?"

공원의 관리인이었다. 해원은 아무런 대답도 하지 않고 빛을 도움 삼아 하던 일을 계속하려 했다. 억센 가지에 몸 이곳저곳을 다쳤으나 개의치 않았다. 뾰족하고 날카로운 것들이 손바닥을 찌르는데도 만지고 더듬고 살피는 것을 멈추지 않았다. 어느새 덤불 안쪽으로 들어온 관리인이 해원의 얼굴을 비췄다.

"도대체 뭘 찾으려는 겁니까. 낮에 다시 와요. 이 밤에 뭐가 보인다고……"

해원은 자신을 말리는 관리인의 얼굴을 빤히 바라보았다. 절대 이해할 수 없을 것이다. 해원이 무엇을 찾는지, 그게 왜 그녀에게 지금 가장 필요한 것이 되었는지.

"우리 아이가 많이 다쳤어요."

그러고는 다시 바닥을 더듬었다. 노아에게 낮에 본 그것을 가져다줄 생각이었다. 다 썩어 형체도 알아볼 수 없는 그것을 가리키며 지금이라도 똑똑히 말해줄 것이다. 보라고, 이게 뭔지 너도 이제 알아야 한다고, 그러니까 너는 절대 죽지 말라고, 경고할 것이다. 할 수 있는 무슨 일이든 해원은 당장 하고 싶었다. 관리인은 자리를 떠나지 않았다. 적극적으로 돕는 것도 아니었다. 해원이 지금 무엇을 찾고 있는지 그는 알 수 없었다. 다만 그녀가 움직이는 방향으로 손전등 빛을 따라 옮겨줄 뿐이었다.

거의 하나였던
두 세계

1

사실, 그 일에 관해 오명조가 내게 어떤 식으로든 영향을 줄 거라고 생각한 적은 한 번도 없었다. 오히려 나는 멀리서 사태를 관망하는 입장이었고, 대체로 무관했으며, 학교의 입장에서 보자면 나름 난처한 면도 없진 않겠으나 엄연히 피해자가 있는 사안이니만큼 정당한 보상과 그에 따른 책임 있는 사후 대책 마련이 더 중요하다고 여겼을 뿐이다. 좀더 솔직하게 말하자면, 뭐든 될 대로 되겠지…… 하는 심정에 가까웠다. 그러나 그때나 지금이나 연재는 나와는 조금 다른 마음 같았다.

여름 계절학기를 앞두고 예상보다 복잡하게 돌아가는 상황을 대강 설명해주었을 때, 그러니까 결국 피해 학생 쪽에서 변호사를 선임했고, 엊그제 학과 사무실로 내용증명이 날아왔더라는 소식을 전했을 때, 연재는 동그랗게 뜬 눈으로 나를 가만 쳐다보기만 했다. 그러고는 이 순간 반드시 해야만 하거나 가장 적당한 말을 찾으려는 사람처럼 입을 조금 움찔거리다가 다시 다물기를 반복했는데, 끝내 거기에 대해 뭐라 말을 하지는 않았다. 대신 그보다 더 시급하고 중요한 문제라는 듯이 이번달에 계획된 경조사며 자동차 검사비, 각종 공과금과 대출이자 등에 대한 상세한 지출 목록을 늘어놓기 시작했다. 나는 죄지은 사람처럼 괜히 어깨를 움츠리고 머리를 조아린 채 연재의 정확한 셈에 따라 한 번씩 고개를 끄덕이면서, 혹시라도 무겁게 한숨을 내쉬지는 않을까, 여기에 더 필요한 무언가가 있다거나 거기에 들어갈 만만치 않은 비용을 들먹이는 건 아닐까…… 마음이 조마조마해졌다. 연재도 편치만은 않아 보였다. 더구나 평소와 달리 그때는 왠지 내 눈치를 살피는 것 같았는데, 결국 뭔가를 고백하는 사람처럼 조심스럽게 내게 물어왔다.

"당신은 별일 없는 거지?"

"나야 뭐, 괜찮지."

그러니까 그때는 그랬다는 것이다. 괜한 걱정과 우려에 내심 당당해지기까지 했었다. 무엇보다 당장 치러야 될 생활비와 공과금에 비하면 그 일은 뭐, 나와는 전혀 무관했다. 단순히 그냥 기다리기만 하면 되는 거라고 생각했다.

　지난 학기 명조가 내 수업을 수강한 적은 있지만 별로 눈에 띄는 학생은 아니었다. 다른 자리에서 건너 듣기로 고창인가 고흥 어디에서 부모님이 복분자 농장을 운영하는데, 학과 행사를 위해 과실주나 건강음료 등을 무료로 제공한 적도 있다고 했었다. 그렇다고 그걸로 특별한 대우를 받는다거나 동기들에게 인기가 있던 것은 아닌 듯했는데, 그런 말을 듣던 당시의 나조차도 대단한 의미를 두고 기억한 것은 아니었다. 본래는 타대학에서 치기공인가 치위생인가를 전공하다가 작년에 편입을 했더라는 이력을 들었을 때도 마찬가지였다. 누군가를 떠올리기는 했으나 전혀 다른 사람이었다. 나중에 엉뚱한 학생에게 굳이 국문과로 편입한 이유를 물었다가 "제가요? 저는 그런 적이 없는데요?" 어쩐지 억울해하는 반응이 돌아와 당황한 적도 있었으니까.

　다만 그로부터 얼마 뒤, 써지지 않는 학회 발표 원고를 앞에 두고 끙끙대던 중에 명조를 생각한 적은 있었다. 기력 회복과 집중력 향상에 도움이 되는 보양식을 검색하다가, 언젠가 누가 오디즙 한 팩을 건네기에 받은 적이 있는데 그게 아마 그 학생일 수도 있겠구나…… 한 정도였다.

　명조에 대해 그나마 내가 정확하게 기억하고 있는 것은 그 학기가 절반쯤 지났을 무렵의 일이었다. 비전임 교원을 대상으로 단과

대학 규모의 교육 프로그램이 있던 날이었는데, 법정 의무교육이었고 그래서 그런가, 다소 민방위훈련 같은 분위기에서 '인권'이나 '평등', '차별 없는 우리 대학' 같은 말들이 흘러나왔다. 온라인상으로 개별 수강도 가능했으나 소강당 안에는 아는 얼굴들이 제법 보였다. 언젠가 재임용 계약을 하는 데 이런 자리에 얼굴 한 번이라도 비치는 게 도움이 된다는 말을 들은 적이 있었다. 그러나 내 경우엔 꼭 그런 이유 때문만은 아니었다. 신경이 쓰이기는 했으나 뭐, 참석하지 않을 만한 이유도 딱히 없었을 뿐이었다. 새로 부임했다는 인문대 학장이 인사차 단상에 올라와 "지금 여러분 표정이 내 수업을 듣는 학생들과 아주 똑같군요" 하고 농담을 했을 때도 일부러 더 크게 반응한 것은 아니었다. 평소처럼 그냥 웃겨서 웃었을 뿐인데 옆에 앉은 누군가가 시큰둥하게 나를 쳐다보자 뭔가 다른 의도로 보였을까, 괜히 마음이 불편해졌다. 더구나 그가 방금 혼자서 중얼거린 말이 무엇이었는지 되묻고 확인하고 싶었다.

"이런 게 다 폭력이지."

왠지 그런 소리를 들은 것도 같았기 때문이었다.

바쁘지 않다면, 하고 조건이 붙기는 했으나 교육이 끝난 뒤 이어진 식사 자리에 몇몇 시간강사들과 함께 참석한 것도 별다른 이유는 없었다. 평소라면 수업을 마치자마자 배차 시간과 환승 시간을 확인하고, 편도로 두 시간이 걸리는 일산까지 어떻게든 서둘러 돌아갈 걱정을 했을 테지만, 딱히 서둘러 해야 할 일이 있는 것도 아니었다. 물론, 전임교수들이 예약된 식당에서 먼저 자리를 잡고 기다리고 있더라는 말도 전혀 이유가 되지 않은 것은 아니었다. 그럼에도 연재에게 전화를 걸었고, 만약 조금이라도 마뜩잖아하거나 당장 출발하라거나 하는 식의 말을 듣게 된다면 당연히 그렇게 할 생각이었다.

"당연히 괜찮지."

무언가를 더 부탁하거나 구차하게 사정을 설명한 것도 아닌데, 연재는 흔쾌히 허락해주었다. 그래도 너무 늦으면 안 되니까 막차 시간을 꼭 확인하라는 말도 덧붙였는데, 막차는 무슨…… 그렇게까지 오래 남아 있을 생각이 내게는 전혀 없었다.

예상보다 자리가 길어진 것은 말하자면 괜한 오해를 피하고 싶었기 때문이었다. 테이블당 하나씩 느타리버섯을 가득 넣은 불고기전골이 올라와 있었고, 그것을 중심으로 둘러앉은 그 자리가 나는 몹시 어색했다. 간단한 인사말과 안부들이 오갔고, 그것으로 마치 해야 할 일은 이제 다 끝났다는 듯이 몇 사람이 먼저 일어서기도 했다. 그러니까 대부분은 불편해하지만, 그렇다고 아주 없애버리기엔 누군가에게는 또 아쉬울 법도 한 자리라 굳이 애써서 차려놓은 모양새였다. 문제가 될 것은 별로 없어 보였다. 맥주 한 잔을 받은 채 나는 적당히 빠져나갈 기회를 노리고 있었다. 가까운 곳에 행사 진행을 위해 동원된 근로장학생 몇이 따로 테이블을 잡고 있어서 "너는 네 말을 좀 해. 그렇게 남의 말만 하지 말고" 하는 대화를 좀 엿듣다가, 누군가 내게 말을 걸면 대답도 하고, 대개는 딱히 누구한테 하는 말이 아닌 말들을 들으면서, 혹시라도 붙잡거나 술을 더 권한다면 그때 둘러댈 만한 핑곗거리를 미리 생각해두고 있었다. 교학처장에게서 버섯이 콜레스테롤 감소에 좋다거나, 그래서 고기랑 먹으면 궁합이 잘 맞는다는 소리를 들었을 때도 마찬가지였다. 거기에 다른 생각이 있던 것은 아니었다.

"그렇게 고개만 끄덕이지 좀 말아요."

그런데도 정확하게 나를 지목한 그 낮은 목소리가 나는 꽤 당황스러웠다.

"왜 듣지도 않고 마냥 그렇다고만 하냐고요. 사람 참…… 기분 나쁘게."

그러고는 곧장 자리에서 일어나 식당 밖으로 나가버렸다. 무안하기도 하고 창피하기도 하고 무엇보다 이 상황을 해명하고 싶은 것이 가장 먼저였으나 정작 그 순간에 나는 젓가락을 들어 전골을 잔뜩 집기만 했을 뿐이었다. 따라두고 오래 마시지 않은 미지근한 맥주도 한 모금 들이켜고 질긴 버섯을 우적우적 씹으면서, 그렇지 버섯은 콜레스테롤을 낮추지, 소화기관에도 좋고 비만이나 고혈압에도 효과가 좋아서 성인병 예방에도 좋다던데…… 근데 그게 뭐, 좋은 것을 좋다고 했을 뿐인데 내가 뭘, 뭘 어쨌다고…… 그런 생각만 했을 뿐이었다. 옆에 앉은 또다른 사람이 내 무릎을 톡톡 두드려주었을 땐, 정말이지 내가 뭔가 잘못을 저지른 사람이 된 것 같아 억울한 마음까지 들었다.

  그날 연재는 새벽 두시를 넘겨서야 도착한 나를 타박하거나 반드시 그랬어야 할 이유에 대해 따져 묻거나 하지 않았다. 내가 샤워를 다 마칠 때까지도 먼저 잠들지 않고 나를 기다리고 있었는데, 그래서 다음 학기는 어떻게 되는 거냐고, 거기서 뭣 좀 들은 게 없느냐고, 묻고 싶은 것들이 많았을 텐데 그러지 않았다. 실은 나도 그게 가장 궁금했으니까. 식당에서 있었던 난처한 일에 대해서도 나는 말하지 않았다. 그랬다면 아마 연재는 더 많은 고민을 해야만 했을 것이다. 불안해하고 걱정을 하고 좀처럼 해답이 나오지 않는 계산에 빠져들었을 텐데, 대신 우리는 명조에 대한 이야기를 조금 나눴을 뿐이었다. 계획보다 너무 늦어버린 사정에 대해 설명하다가, 그 자리에 내 수업을 듣는 학생도 하나 있었다고, 막차 시간은 이미 지난 뒤였고 가는 방향이 비슷해서 함께 택시를 탔으나 생각보다 많이 돌아가는 길이었다고. 그러니까 그 적지 않은 시간 동안 명조와 나는 이것저것 많은 이야기를 나누었다. 명조는 뭐랄까, 아무것도 담기지 않은 빈 국그릇 같은 아이였다.
  "말이 뭐 그래. 국그릇이 뭐야, 사람한테."
  그때는 그냥 그것 외에는 별다른 표현이 떠오르지 않았다. 생긴

것도 뭉툭하고 하는 말도 대체로 진지한데다가, 딱히 표정이랄 것
도 없이 사람을 뚱하게 바라보는 것이 상대방을 괜히 부담스럽게
만들었다. 그렇다고 그게 무례하다거나 불량하다거나 어떤 다른
감정을 품게 만들었던 것은 아니었다. 다만, 명조가 아무한테나
자기 속엣말을 다 해버리는 부류라는 생각은 했었다. 그런 솔직함
이 나는 조금 어색했을 뿐이었다.

예를 들면, 아까 친구들과 제법 심각해 보이던데 무얼 두고 그
런 거냐고 내가 물으면, 거기에 대해 명조는 제법 성실하고 지루
하게 설명해주었다. 별로 귀담아들을 만한 말은 없었다. 맥락이
나 요점이 무엇인지도 제대로 이해하기 어려웠으나, 대신 명조가
어떤 종류의 사람인지는 알 수 있었다. "너는 네 말을 좀 해" 그런
말을 들으면서도 묵묵히 젓가락을 놀리고, 입안에 무얼 채워넣기
만 하던 명조를 나는 어쩐지 이해할 수 있었다. 무엇보다 그런 순
간에도 나는 나를 생각했다. 그러니까 그 자리에 명조가 아니라
내가 있었더라면 나도 그랬을 거라고, 물론 내 앞에 명조 같은 사
람이 있었더라면 남의 말만 하지 말고, 네 말을 좀 하라며 비슷하
게 참견하고 조언하고 싶었을 테지만, 명조가 없고 나만 거기 있
었더라면 누군가에게 그런 말을 듣는 사람이 내가 되었을 거라고,
생각했다.

"사람들이요, 다 나를 싫어하는 것 같아요."

한적한 도로에서 신호를 받고 대기중인 택시 안에서 명조가 그

렇게 말했을 때도 비슷한 마음이었다. 뭔가를 해야만 할 것 같은 부담감도 있었고, 그게 뭐든 명조에게 도움이 되는 쪽이어야 할 것 같았다. 그랬으므로, 특별히 명조씨가 무얼 잘못해서라기보다는 단순히 그 자리에 당신이 있었기 때문이라고, 그러니까 사람들은 다들 비슷비슷하고, 아주 다르게 사는 것도 아니면서 누군가로부터 자기 자신을 발견하는 일이 견딜 수 없을 때가 있다고, "나도 그래요. 나랑 너무 닮은 사람들을 보면 불편해. 불편하지, 당연히", 그런 말들을 두서없이 늘어놓기도 했었다.

2

무엇을 어떻게 바라보느냐에 따라서 전혀 다른 것을 보게 된다는 것쯤은 상식적인 소리겠지만, 그게 아는 만큼 쉽게 이해되는 일은 아니었다. 단순히 나와 다른 생각을 가진 것뿐이니 상대방의 의견을 존중하고 그것으로 양질의 토론을 기대하는 일도 사실상 거의 불가능했는데, 〈사고와 표현〉을 처음 맡았을 때도 비슷한 말을 들은 적이 있었다. 임신중절이나 안락사, 국제난민과 표현의 자유 같은 문제를 두고 토론과 발표를 중심으로 진행되는 교양과목이었다. 〈논리적 글쓰기〉와 함께 한 학기 동안 내게 배정된 강의였는데, 새 학기가 막 시작되고 얼마 뒤 학과 교수들과의 가벼

운 면담 자리에서 나는 강의에 대한 몇 가지 조언과 당부를 들을
수 있었다.

"너무 개인적인 생각은 드러내지 마세요. 학생들이 서운해합니
다. 한쪽 편만 든다고 오해하거든요."

꼭 그런 이유 때문만은 아니더라도, 공평하고 중립적인 태도로
양쪽의 의견을 조율하는 것은 교수자로서 마땅한 자세라고 생각
하는 편이었다. 문제는 그게 안다고 그대로 실천할 수 있는 종류
의 일이 아니라는 점에 있었다. 드러내놓고 특정 주장을 지지하거
나 응원하지 않더라도 수강생들을 서운하게 만들 만한 사례는 적
지 않았는데, 한번은 수업을 마치고 학생 하나가 개별적으로 찾
아온 적도 있었다. 임의로 배정된 발표 조를 바꾸어줄 수 없겠냐
는 것이었다. 따로 선호하는 조가 있는 것은 아니었고, 납득할 만
한 이유를 댄 것도 아닌데다가, 어딘가 공정하지 않은 것 같아 허
락하지는 않았다. 이후로 수업에서 그 학생을 다시 볼 수 없었다.
별거 아닌 일로 내가 괜히 상처를 준 건 아닐까, 어쩌면 설명하기
어려운 나름의 이유가 있었을 텐데 내가 너무 단호하게 굴었던 거
아닌가 싶어서 몹시 신경이 쓰였다. 그럼에도 당시에는 다른 부분
을 고려하는 것이 더 먼저였다. 무엇보다 나는 그 이유가 아마 명
조 때문일 거라고 짐작했는데, 하필 그 학생의 조원 중에 명조가
있었고, "다 나를 싫어하는 것 같아요"라고 말하던 담담한 표정이
줄곧 마음에 걸렸기 때문이었다. 그랬으므로 내 입장에서 보자면,

단순히 한 학생의 조를 바꿔주는 문제라기보다는 누군가를 소외시키는 일이 될지도 모른다고 우려했던 것이다.

더욱이 되도록 조심해야 한다는 그즈음의 주변 분위기도 한몫했다. 사학과 A 교수가 수업중에 발언한 차별적인 표현 때문이었는데 이와 관련된 공문과 일종의 예방 매뉴얼 성격의 메일들이 잔뜩 전달된 즈음이었다. 대부분은 무언가를 하지 말라는 내용이었고, 그렇게 했을 경우 받을 수 있는 불이익과 근거가 되는 법조항들이 나열된 서약서에 서명을 받기도 했다. A 교수에 대해서라면 이전에도 권위적인 태도에 불만을 비친 학생들이 적지 않았다. 내가 이미 알고 있는 것만 해도 몇 가지가 있었는데 출석을 부른 뒤에 강의실 출입문을 잠가버린다거나, 성적에 이의를 제기하면 오히려 페널티를 준다거나, 또 언젠가는 요일을 착각했는지 전혀 다른 과목 시간에 들어가 그대로 수업을 진행한 적도 있었다고 했다. 물론, 담당 교수가 도착했을 땐 이미 강의실은 잠겨 있었고 아무리 두드려도 문을 열어주지 않았더라는 이야기도 들었다. 한여름에도 넥타이와 양복을 갖춰 입은 채, 슬리퍼를 신은 학생들에게 훈계하던 A 교수를 나도 본 적이 있었다. 화단이나 벤치에 버려진 쓰레기를 줍는 것도 보았고, 연구동 화장실에서 단정하게 머리를 빗는 모습도 보았다. 나이에 비해 숱이 많았으나 염색 없이 하얀 뒤통수였다. 그러고는 세면대에 남은 물기를 맨손으로 말끔하게 닦아내던 것도 나는 볼 수 있었다.

한번은 강의동 건물 앞에서 마주쳤다가 몇 마디 말을 나눈 일도 있었다. 그의 손에 들린 것들을 차마 모른 척하기가 어려웠기 때문이었는데, 그러니까 빈 캔이나 담배꽁초, 본래는 무엇이었는지 알 수조차 없는 자질구레한 것들을 줍고 있는 A 교수 곁에서 나도 함께 도왔던 것이다. 주변에 더 주울 것이 보이지 않게 되어서야 나는 그에게 손을 내밀었다.

"주세요, 선생님. 제가 버리고 오겠습니다."

그때는 다만 유별나다고 생각했을 뿐이었다. 고집스럽고 고지식하고 남의 말은 하나도 듣지 않지만 묘하게 안타깝기도 하고, 적응의 문제겠지…… 그렇게 살아온 사람들은 그렇게 살게 되니까…… 하는 마음이었다. 그런데도 A 교수는 나를 빤히 쳐다보기만 할 뿐, 손에 든 무엇도 내게 건네주지 않았다. 대신 이런 말을 하긴 했었다.

"내가 모은 걸 왜 그쪽이 뺏어가나?"

A 교수와 나눈 대화는 그것이 전부였다. 듣기에 따라 화를 내는 것도 같고 억울해하는 것도 같아서 오히려 상대방을 당혹스럽게 만드는 말투였다. 그랬으므로 빠른 걸음으로 멀어지는 그를 나는 멀뚱히 서서 쳐다볼 수밖에 없었다.

목소리가 작거나 소극적인 학생들에게 A 교수는 특히나 모질게 대한 모양인데, 문제가 된 사건도 아마 비슷한 상황에서 벌어진 것 같았다. 교내 커뮤니티의 익명 게시판에 올라온 사건의 개요는 대강 이랬다. 그날도 학생 하나가 지목되었고, 강의실 앞으로 불려 나왔으며, 읽어가는 과제물의 문장들을 조목조목 지적받기도 했는데, 그럴수록 더 움츠러드는 목소리를 A 교수는 가만 듣고만 있지 않았다. 마침내 그 학생은 눈물을 보인 후에야 겨우 제자리로 돌아갈 수 있었다.

해당 게시 글이 올라왔을 당시만 하더라도 다른 글에 비해 눈에 띌 정도로 높은 조회수를 기록한 것은 아니었다. 댓글이 많았다거나 A 교수의 일화 중 유독 특별한 경우도 아니었는데 사건이 불거진 것은 이튿날, 공개적으로 게시된 외국인 학생들의 성명서 때문이었다. 학내에 만연한 차별 정서를 지적하고, 이와 관련된 인종적·문화적 편견과 선입견의 사례들, 그러니까 우물거리고 불분명한 학생의 발음을 지적하던 중에 나온 A 교수의 특정 발언, "자네 혹시 중국인 학생인가?"라는 표현에 대해 심각한 우려를 표하며, 이에 대한 유의미한 후속 조치와 재발 방지책 등을 촉구하고 나섰던 것이다.

그로부터 얼마 뒤, 나는 연재에게도 그간에 올라온 게시물들을 보여주었다. 성명서에 대한 지지 의견을 담은 새로운 글들과 거기에 달린 댓글들도 꼼꼼히 읽어가던 연재는, 그래서 평소의 언행과 처신을 똑바로 해야 한다고 내게 당부했다. 겸손하게 행동하라고 하고 너무 가르치려고 들지 말라고도 했는데, 내가 하는 일이 그

거라고, "그러면 내가 뭘 얼마나 겸손하게 안 가르쳐야 하는데?" 어쩐지 억울한 마음이 들어서 조금 언성을 높이기도 했다. 그런데도 연재는 왜 또 그렇게까지 반응을 하느냐, 조심해서 나쁠 건 없지 않냐, "당신이 좀 그래. 그렇게 자기 할말만 하고 그러지 말라고. 그게 사람을 얼마나 피곤하게 하는데", 그런 말로 나를 골리려고만 들었다.

나라고 뭐, 거기에 딱히 다른 의견이 있었던 것은 아니었다. 나쁘다고 생각했고, 그런 말을 해서는 안 되는 거라고도 생각했는데, 나쁘지, 나쁘긴 물론 나쁘지, 나쁘긴 나쁜데, 나쁜 말이네⋯⋯ 다만 생각이 많아졌을 뿐이었다. 그사이 추가로 올라온 게시물들을 살피면서 또다른 말은 없는지, 혹시라도 내가 몰랐던 더 나쁜 경우를 발견하게 되는 것은 아닌지 초조했다.

그날 저녁 연재는 줄곧 서재에만 틀어박혀 있던 내게 묻지도 않고 치킨 한 마리를 배달시켰다. 언제 나갔다 왔는지 편의점에서 네 개에 만원 하는 캔맥주도 식탁 위에 올려놨는데, 그걸 먹고 마시는 동안 연재는 줄곧 역류성식도염과 각종 성인병 등에 대한 걱정을 늘어놓았다. 그러고는 얼마 전에 종영한 드라마 이야기도 좀 하고, 이름만 알고 만난 적은 없는 자기 친구들의 소식을 전하기도 하고, 잠깐 아무 말이 없는 틈에 괜히 빈 캔을 힘들여 구기던 내게 "당신은? 당신은 나한테 뭐 할말 없어?" 하고 묻기도 했다.

미지근해진 맥주 캔 주변으로 벌써 흥건하게 물이 고여 있었다.

나는 마른행주를 들고 와 젖은 곳을 훔치면서, 실은 얼마 전부터 학생 하나가 수업에 나오지 않는다고, 이러저러한 일이 있었고, 나도 나름대로 이유가 있어서 그랬던 것뿐인데 그게 자꾸 신경이 쓰이네, 하고 말했다.

"근데 있잖아, 자기가 부당한 대우를 받았다고 생각하면 어쩌지? 내가 일부러 자기를 차별해서 그런 거라고 오해하는 거면 어떡해?"

간혹, 나는 연재가 나에 대해 나보다 더 잘 알고 있는 것 같을 때가 있는데, 그럼에도 아는 것 모두를 드러내지 않고 대신 내가 아닌 다른 것들에 대해 말하려고 애쓸 때 특히 더 그랬다. 그게 연재 나름의 세심한 배려라는 것을 나는 알고 있었다. 더구나 나 역시 연재가 말하지 않은 연재의 진짜 속마음 같은 것을 알아챌 때가 있었다.

"아무래도 그게 공정한 거니까. 원칙대로 한 건데, 뭐."

그렇게 말하는 연재의 표정이 제법 무심해 보였다. "뭐야, 겨우 그것뿐이야?"라고도 하고, 텔레비전을 틀어 절반쯤 지난 예능 프로그램을 시청하기도 했다. 그러니까 그런 것들로 나를 안심시키려 들었다. 그 밤 연재는 좀처럼 잠들지 못했다. 자주 뒤척이고, 속이 더부룩하다며 소화제를 찾기도 하고, 아무래도 밤에 무얼 먹는 버릇은 좋지 않다고도 했으나, 나로서는 꼭 그런 이유 때문만은 아닌 것 같았다.

관점에 따라 같은 것도 다르게 볼 수 있다는 말에는 만약 아무런 태도나 입장을 취하지 않는다면 무엇도 볼 수 없다는 점이 전제되어 있다. 요컨대 우리는 의미 있는 무언가를 보는 것이 아니라, 우리가 보는 무언가에 의미를 부여하고 있는 셈이다. 그것을 강의중에 설명해야 할 때, 나는 오리로 보이기도 하고 토끼로 보이기도 하는 그림을 자주 예로 들었는데 실은 여기에 숨겨진 진짜 비밀은 따로 있었다. 그러니까 대부분 하나의 그림이 다르게 보일 수 있다는 점을 인정하는 일은 별로 어려워하지 않지만, 그 둘을 동시에 보는 일은 결코 불가능하다는 것. 우리가 동일한 한 장의 그림에서 볼 수 있는 것은 오직 오리이거나 토끼일 뿐, 오리인 동시에 토끼인 것을 경험할 수는 없다는 것. 아무리 애를 쓰고 도전한다고 하더라도 매우 짧은 시간 안에 우리의 의식 체계가 토끼에서 오리로, 오리에서 토끼로 전환되어버리기 때문인데, 마찬가지로 우리가 무언가를 말하려 들 때 필연적으로 다른 무언가를 부정할 수밖에 없다는 것. 그러므로 다른 관점을 인정하고 받아들이기 위해서 가장 선행되어야 할 자세는 의식적으로 무엇이 부정되었는가를 상상하는 일이라는 것. 예를 들어 우리가 오직 오리만을 보고 있을 때, 한때 토끼를 보았던 과거의 경험은 나와 다른 입장을 상상하는 데 도움이 된다는 것…… 등등.

그러니까 나는 지난 학기 〈사고와 표현〉에서도 같은 내용의 강의를 한 적이 있었다. 그럼에도 보통 때와는 나의 마음가짐 같은 것들이 조금 달랐는데, 평소처럼 같은 그림을 프로젝터 화면에 띄워놓고 익숙하게 하던 말을 했을 뿐인데도, 어쩐지 변명을 하고 있는 듯한 기분이 들었던 것이다. 여전히 그 학생은 출석하지 않았고, 이후로 내게서 부당한 대우를 받았다는 고발성 글이나 문제제기가 있던 것도 아니었다. 더구나 정작 그걸 들었으면 하는 사람이 눈앞에 없는데도, 그것과는 상관없이 누구에게라도 말해두어야만 할 것 같았다. 대신 이전에는 듣지 못한 말을 듣기는 했다. 학생들이 서둘러 빠져나가는 강의실에서 명조는 뭔가 할말이 있다는 듯이 마지막까지 남아 있었다. 그러고는 예의 그 뭉툭하고 뚱한 표정으로 그렇지 않다고 말하는 것이었다.

"근데요, 이렇게 하면 그게 보이던데요."

이미 아무것도 없는 빈 칠판이었고, 거기서 무얼 보고 그러는지 정확히 알 수 없었다. 다만, 거의 감길 듯 게슴츠레 뜬 눈으로 "이렇게 하면 둘 다 보여요"라던 명조가 나는 엉뚱하다고 생각했을 뿐이었다. 진짜는 그게 뭐든 별로 궁금하지 않았기 때문이었는데, 무엇보다 그런 명조가 내게 어떤 식으로든 해가 될 거라고는 전혀 생각하지 않았다.

3

　A 교수에 대해 내가 이전과 조금 다른 생각을 품게 된 것은 그로부터 얼마 지나지 않아서였다. 그사이 크게 달라진 상황은 없었다. 여전히 게시판에는 항의성 글들이 올라왔고, 사과를 요구하기도 했으며, 몇몇 학생들은 해당 수업의 출석을 거부하기도 했다. 다만 그러거나 말거나 A 교수는 별다른 대응을 하지 않았는데, 여전히 출석을 부르고 그런 다음에는 문을 걸어 잠갔으며, 평소와 다름없이 수업을 진행했던 것이다. 더구나 익명 글에서 언급된 해당 학생에 대한 적절한 보상이나 후속 조치 역시 전혀 없었던 모양인데, 무엇보다 당사자가 직접 나서서 거기에 대해 항의하거나 요구한 일도 없었다. 듣기로 여전히 해당 강의에 빠지지 않고 출석하는 중이라고 했다. 물론, 학생회 측에서 당사자를 직접 찾아가 나름의 도움을 주려고 시도하기도 했으나, 기대했던 것과는 아주 다른 말을 들었을 뿐이었다.
　"아니요, 저는 교수님이 나쁜 의도로 그런 건 아니라고 생각해요."
　그러고는 본인에 대한 글이 허락도 없이 돌아다니는 것이 불편하다고 했다. 게다가 자신을 자꾸 설득하려는 사람들에게 오히려 경고성 발언도 남겼다고 했는데, 그게 정확히 무엇에 대한 경고인지는 다른 자리에서 들을 수 있었다. 그러니까 학과장에게서 예정에 없던 저녁식사를 함께 하자는 전화를 받은 날이었다. 그보다 며칠 전에는 다른 곳으로부터 연락을 받기도 했었다. 사학과 강사들을 중심으로 일종의 대응 방안을 모색중이라는 내용이었는데, 그게 나를 난처하게 만들었다.

나는 학교측에서 이번 사안을 보다 서둘러 처리해주기를 바라고 있었다. 누군가로부터 부당함을 지적받았으니 이에 대한 적절한 조치를 취하고 원만한 합의라든지 필요한 보상이라든지, 하다 못해 관련자에게 책임을 묻거나 제재를 가해주기를 기대했다. 무엇보다 나와는 상관없다고 여겼던 일들로부터 내가 어떤 식으로든 피해받지 않기를 바랐는데, 나만큼 상관없다고 생각했던 다른 학과의 강사들이 문제 제기에 동참하기로 했다는 소식을 들은 후로는 왠지 조바심마저 들었다.

재임용 계약을 얼마 앞두고 학과장을 만난 자리에서도 나는 이 문제에 대한 나의 솔직한 마음을 털어놓았다. 회식이나 모임 장소로 자주 이용되는 학교 근처의 중화요리 전문점이라 혹시라도 누군가가 우리의 대화를 엿듣는 것은 아닌가 불안하기도 했다. 그럼에도 말을 하면 할수록 어쩐지 억울한 기분이 들었는데 어딘가에 화가 나기도 했으며 좀처럼 말을 멈추기가 어려웠다. 그러는 동안 주문한 요리가 나왔고, 그것을 다 먹기도 전에 추가 주문이 들어갔으며, 그때까지도 학과장은 심각한 표정으로 내가 하는 말들을 모두 듣기만 했다. 그러다가 아무것도 집지 않은 빈 젓가락으로 식탁 위를 톡톡 두드리며 말했다.

"그래도 김선생은 괜찮을 거예요. 애들이 김선생은 좋아하잖아. 우리가 문제지, 우리가. 처음부터 제대로 일처리를 했어야 했는데…… 괜히 신경 쓰이게 해서 미안하네, 이거."

이미 다 불어버린 면을 휘휘 저어가며 나는 학과장의 말을 들었다. 그러나 조금도 마음이 편해지지 않았다. 그 문제라는 게 문제를 겪고 있다는 의미에서 문제인 건지 문제를 일으켰다는 것의 문제인 건지 애매하기도 했지만 그때는 뭐랄까, 단순히 그냥 그 '우리'라는 말 자체가 거슬렸다. 어쩐지 서운했고, 그 우리가 나는 아니라는 건가, 내가 속하지 못한 그 일인칭 복수형이 아주 멀게만 들렸다.

"사과를 할 생각이었대요."

내가 알지 못했던 A 교수의 사정을 전해들었을 때도 불편한 마음은 여전했다.

"혹시라도 진짜 유학생이면 당신이 배려하지 못한 셈이 되니까, 처음부터 미안하다고 말할 생각으로 물었다더군요."

그런 다음에는 이후에 있었던 복잡한 상황들로 얘기는 이어졌다. 그러니까 성명서가 올라온 이후 그 학생이 받은 또다른 피해에 대해서, 무엇보다 자꾸 전화를 받는다고, 아마 다른 학생들이 장난을 좀 치는 모양인데 새벽이나 밤늦게 걸어서 그냥 끊어버리기도 하고, 전혀 모르는 사람을 찾기도 하고, 언젠가는 전주던가,

전라도 어디에 있는 한정식집에서 왜 단체석 예약을 해두고 오지 않느냐며 항의를 받기도 했다는데, "그게 좀 그래요, 요즘 애들이 워낙 자기주장이 강하다보니까" 하는 말들을 들었다.

그리고 이 모든 이야기 끝에 나는 명조의 이름을 듣게 되었다. "실은 다른 일 때문에 좀 보자고 했는데……"라고 잠깐 뜸을 들이더니, 얼마 전에 휴학 상담을 하러 학생 하나가 찾아왔다고 했다. 졸업을 한 학기 앞둔 상태이고, 정확한 사유를 대지는 않았지만 짐작 가는 데가 없진 않다고도 했다. 그러니까 같은 과 후배에게서 고백을 받았고, 그것을 거절했으며, 이후로 꽤나 서먹하게 지냈는데 그게 주변에 소문이 좀 난 모양이었다. 그걸 학과장도 알고 있었고, 그렇지 않아도 되도록 조심해야 하는 분위기에서 혹시라도 자기가 모르는 다른 문제가 있는 것은 아닌지 신중하게 알아보았다고 했다. 더구나 휴학을 하겠다는 학생의 입에서 모멸감이나 수치심 같은 단어가 나왔을 땐 분위기가 한층 더 심각해졌을 것이다. 그리고 학과장은 내게 그 후배에 대해 뭔가 더 알고 있는 것이 없는지 물었다.

"명조가 김선생 수업에서는 좀 어때요? 둘이 함께 그 수업을 들었다던데."

나는 마땅히 할말을 찾지 못한 채 명조에 대해 이것저것 기억나는 것들을 떠올렸는데, 명조는 뭐랄까…… 어색하지, 어색하긴 한데, 어색하다고 나쁜 건 아니지, 나쁘진 않지, 불편할 뿐이니

까, 그건 그냥 적응의 문제니까…… 하는 생각만 들었다. 그럼에
도 모멸감을 주거나 수치스럽게 만드는 문제는 다르지 않나, 누군
가를 그런 식으로 대하면 안 되지 않나, 안 된다고 나는 생각했다.

"뭐 때문이랍니까?"

그게 무엇이든 나와는 경우가 다르다고 믿었다. 그런 순간에조
차 나는 나만 생각하는 사람이었으니까. 물론, 그 학생이 염려되
지 않은 것은 아니었다. 그럼에도 거기에 내가 무슨 실수를 더한
건 아닐까. 나를 찾아온 데엔 그만한 이유가 있었고 고작 발표 조
를 바꿔달라고 부탁했을 뿐인데, 들어주지 않았다. 사정을 들었다
면 아마 달랐을 테지만 그러지 못했다. 부끄러웠겠지. 나라면 나
같은 사람 앞에서 민망하고 부끄러웠을 거야.

"무슨 말을 하긴 했나봐요. 뭐라더라. 누나, 누나가 나를 싫어
하는 이유는요, 우리가 너무 닮아서예요. 누나는 그게 싫은 거예
요. 그걸 또, 다른 사람들한테도 말하고 다녔나봐요."

그러고는 뭔가를 떠보려는 사람처럼 학과장은 다시 빈 젓가락
으로 식탁을 톡톡 두드리면서 사이를 두었다. 어쩐지 내 눈을 피
하는 것도 같았는데, 마치 여기에 우리 이외에 다른 사람이 더 있
다는 듯이 허공에 대고 말했다.

"근데 명조가 그래요, 그 말을 김선생이 했다던데?"

교수자로서의 명예와 품위를 갖추고 도덕성과 공정성을 바탕에

둔 올바른 교육과 합리적인 연구 활동 등을 강조한 '윤리 강령'을 나는 여러 번 본 적이 있었다. 관련 교육 이수나 임용 계약을 위한 서류들 사이에 곧잘 첨부되어 있었는데, 다만 그것을 꼼꼼히 읽거나 일부러 외우려고 노력한 적은 한 번도 없었다. 중요하지만 따분하다고 생각했고, 읽지 않아도 뭐라 적혀 있을지 충분히 알 것 같았기 때문이었다. 그럼에도 비전임 강사들의 공동 성명서에서 그 문구를 발견했을 때는 새삼 다르게 읽혔다. A 교수가 지키지 못한 규범과 항목들이 붉은색으로 유독 강조되어 있었고, 교육 현장에서 혐오와 차별이 엄격히 금지되어야 할 이유들이 논리정연하게 나열되어 있었다.

나라고 뭐, 거기에 어떻게 다른 생각을 가질 수 있었겠나. 나쁜 것을 나쁘다고 말했을 뿐인데. 그런데도 자꾸 화가 났다. 침묵하는 것은 동조하는 것과 같다는 문장에는 억울한 마음이 들었고, 사태가 해결될 때까지 다음 학기에 대한 계약을 거부한다는 선언에는 괘씸한 생각마저 들었다. 그리고 거기에 내 이름이 누락된 이유에 대해 당장 해명하고 싶었고, 그런 의도가 아니라고 말하고 싶었으나, 그걸 조리 있게 설명할 자신이 없었다. 대체로는 해서는 안 되는 말들만 남을 뿐이었는데, 더구나 그런 규범이나 원칙에 대해 반대하는 사람이 있으리라고 상상하기 어려웠다. A 교수라고 다르지 않았을 것이다. 그러니까 명예를 소중히 여기는 마음으로 그런 거라면 어떻게 되는 건가, 신중하고 품위 있게 선택한 결괏값이 그렇다면, 그걸 누가 판단해야 되는 걸까.

그런 생각을 하다보면 나는 자꾸 사나워졌다. 그런 의도가 아니지 않나. 왜 엉뚱한 사람에게 피해를 주나. 종국에는 명조에게 가장 화가 났다. 물론 그 일로 특별히 내가 무슨 불이익을 받았다거나 책임을 져야 할 상황이 생긴 것은 아니었다. 자초지종을 모두 들은 학과장도 나와 다른 생각을 한 것은 아닌 듯했다. "학생들과 너무 개인적인 이야기는 하지 않는 게 좋아요"라는 말을 들었을 뿐이니까. 다만 그것마저 내게는 일종의 경고처럼 들리긴 했다.

좀처럼 화가 풀리지 않는 상태가 지속되면서, 나는 연재와도 사소하게 부딪치는 일이 많았다. 그때마다 일부러 멀리 산책을 나가거나, 오래 목욕을 하거나, 시키지도 않았는데 냉동실에 얼려둔 음식물 쓰레기를 버린다는 핑계로 담배를 태우러 나가고는 했다. 그러고는 오직 한 가지 생각에만 빠져들었다. 한번은 한참이 지나도 돌아오지 않는 나를 연재가 찾으러 나온 적도 있었다. 집에 돌아가는 길에는 아까부터 뭘 그렇게 혼자 중얼거리는 거냐고 물었다. 혹시 평소에도 그러는 거냐고, 그러면 그러지 말라고.

"누가 보면 얼마나 무섭겠어. 괜히 애먼 사람 겁주지 말고."

그 말이 나를 자극했다.

"내가 뭘, 뭘 내가 어쨌는데."

집에 도착하자마자 서재로 들어가 거칠게 문을 닫고는 밖으로 나가지 않았다.

나는 진실의 반대말이 주로 거짓이나 가짜라고 배워왔는데, 살면서 오히려 무지에 더 가까운 개념이 아닌가, 생각할 때가 많았다. 무엇보다 나는 종종 진실을 알고 있다고 오해할 때가 많았고, 그것이 잘못이라는 걸 깨닫는 순간은 대체로 무언가를 더 알게 되었을 때였으니까.

그날 나는 커뮤니티 게시판에 올라온 윤리 강령을 처음으로 진지하게 살펴보았다. 어떤 것은 소리 내어 읽어보기도 하고, 정확한 사전적 정의를 찾아보기도 하고, 어떤 구절은 여러 번 반복해서 천천히 탐독하기도 했으나, 거기에서 내가 전혀 몰랐거나 아주 잘못 알고 있던 의미를 발견할 수는 없었다. 다른 게시물이나 댓글들도 마찬가지였다. 하나같이 정당하고 당연한 말들뿐이라 달리 해석하기 어려웠다. 대신, 내가 읽은 '윤리'라는 단어들을 '논리'로 모두 바꿔 읽는다고 하더라도 전혀 어색할 것이 없었다. 그러니까 그 논리라는 것이 무엇인가. 누군가를 부정하지 않고 나를 긍정하는 논리는 어떻게 가능한 것인가. 이치에 맞는 말을 생각하는 일과 도리에 맞는 사람을 생각하는 일…… 그 둘의 차이에 대해서 나는 한 글자 한 글자 적어가기 시작했다.

4

A 교수의 문제가 일단락된 것은 그 학기가 거의 끝나갈 즈음의 일이었다. 그러니까 명조 쪽에서 소송 절차에 들어가기에 앞서 학교측에서 먼저 공식적인 사과와 재발 방지책을 내놓았던 것인데, 복잡했던 그간의 상황을 정리하자면 대략 이랬다. 학사 일정상 보강 기간을 며칠 앞두고 학생회에서 기습적으로 A 교수의 연구실로 항의 방문을 했는데 그 자리에는 다른 동료 교수들도 여럿 있었다. 피켓과 구호를 동반한 일종의 퍼포먼스성 시위가 결국 몸싸움으로 번진 것은 그중 누군가 나서서 A 교수를 변호하면서부터였다.

사건 당일 현장을 촬영한 영상이 고스란히 게시판에 올라왔을 때, 나는 그것을 여러 번 되감아가며 보았다. 소란스러운 주변 상황에도 정작 A 교수는 앉은 자세 그대로 무릎만 두드리고 있는 모습을 보았고, 피켓에 적힌 문장들도 유심히 보았으며, 무엇보다 그 동료 교수를 나는 주의깊게 살펴보았다. A 교수의 무고함을 대신 주장하며 양쪽의 의견을 공정하게 들어야 한다고, 대화나 상식으로 이 문제를 해결해야 한다고, 나름의 이유와 그럴 수밖에 없었던 사정을 담아 장황히 설명했음에도 학생들 중 누구도 납득하거나 인정하지 않았다. 오히려 빈정거리는 듯한 야유만 쏟아지자 동료 교수가 그걸 두고 또 무례하다느니 몰상식하다느니 언성을 높였다. 그러고는 특정 학생을 가리키며, "어른을 왜 그렇게 빤히 쳐다보느냐"며 나무라기도 했는데, 그 말에 학생회가 강하게 대응했다. 당장 사과를 요구하면서 그들이 지닌 대표성을 주장했으며, 이렇다 할 대꾸 없이 서둘러 자리를 피하려는 그 동료 교수의 손목을 붙잡기도 했다. 그러니까 보기에 따라 단순히 뿌리치려는 듯한 그의 다음 행동이 결과적으로 열 명 남짓한 학생 중 한 명의 얼굴을, 그러니까 명조를 폭행하는 것이 된 셈이었다.

그게 나는 좀처럼 잊히지가 않았다. 일부러 수납장의 물건들을 꺼내 다시 정리하고, 방바닥에 떨어진 머리카락을 줍기도 하고, 그런 다음에는 공들여 이곳저곳을 닦아보기도 했으나, 어느 순간에는 걸레를 든 채 멍하니 빈 벽만 바라보고 있었다. 그러고는 내가 영상에서 들었던 말들을 곰곰이 다시 떠올렸는데, 제법 그럴듯하다고 생각했다. 그럴듯하지만 간교하고 논리적이지만 자기합리화에 가까웠으며, 더구나 그것 모두 내가 하고 싶었던 말들과 크게 다르지 않았다. 그리고 나는 만약 그 자리에 내가 있었으면 어땠을까, 생각했다. 그때 그 연구실에 내가 있었고 누군가 나를 몰아붙였다면…… 설명하려 했겠지. 앉아서 가만 무릎만 두드리고 있지 않고, 설득하려 했을 거야. 그러고는 그때 했을 만한 말들을 혼자서 중얼거려보기도 했는데, 어느 순간이 되면 진짜 그런 말을 하게 될까봐 나는 내가 조금 무섭기도 했다.

누가 시킨 것도 아닌데, 돌아가는 상황에 대해 내가 할 수 있는 말들을 공들여 정리한 적이 있었다. 되도록 논리적이면서 솔직한 생각을 담으려고 애썼는데 그것을 교내 커뮤니티 게시판에 올리기 전에 연재에게 먼저 보여주었다. 왠지 미안한 마음도 들었고, 그 글로 인해 받게 될 비난이나 오해도 걱정되었으나 그보다는 누군가를 이해시키고 잘못을 따지는 것이 먼저라고 생각했다. 그리고 연재는 A4 두 장 분량의 그 글을 나만큼 아주 오래 공들여 읽어주었다. 어떤 문장을 읽을 때는 깊게 숨을 들이마시기도 하고, 단어나 맥락이 어색한 부분은 따로 표시를 해두기도 했다. 그러고는 밖으로 나가 바람을 좀 쐬고 싶어했다.

벌써 자정이 넘은 시간이라 우리가 자주 걷던 산책로는 꽤 한산한 편이었다. 평소라면 개를 데리고 나온 사람들을 구경하며, 우리가 더 넓은 집에서 살게 될 때 키우거나 갖게 될 것들에 대해 이야기했을 테지만, 그날은 그러지 않았다. 함께 걷고 있지만 우연히 방향이 같은 사람들처럼 아무 말이 없었다. 겨우 입을 떼서도 "하고 싶으면 해야지. 사람이 하고 싶은 일은 하고 살아야지" 연재는 조용히 중얼거릴 뿐이었다. 그뒤로도 한참을 더 걷다가 다시 집으로 돌아가는 길에 연재가 말했다.

"당신은 당신이 뭐라고 생각해?"

여전히 혼잣말처럼 차분하고 가라앉은 목소리였다. 그렇다고 감정을 참거나 화가 난 것 같지는 않았고, 대신 달래고 타이르는 사람처럼 조심스러운 데가 있었다.

"당신은 당신이 뭐 대단한 일 하는 줄 알지? 당신은 늘 옳고, 당신이 제일 불쌍하지? 근데 남들은 이거 보면 웃어. 웃는다니까. 당신이 뭔데 그래. 뭔데 이런 말을 해."

드라마나 영화 같은 데서 보면 이런 장면에서 이런 말을 듣는 쪽은 대개 주인공이었고, 그것을 계기로 도리어 각성을 하거나 무언가를 다짐하거나 했을 텐데, 그러나 그때의 나는 가만 듣기만 했다. 오히려 마음이 왠지 편해지기까지 했다. 무엇보다 상처가 될 것이 거의 분명한 말들인데도 상처 주지 않으려고 나름 애쓰는 연재에게 "그치, 우리 일이 아니지" 대꾸하면서 불쑥 쑥스럽고 민망한 마음도 들었으므로 일부러 더 크게 고개를 끄덕이기도 했었다.

연재에게 말하지 않았지만, 여름방학이 시작되고 몇 주 뒤에 명조의 부모님을 본 적이 있었다. 대화를 나누거나 따로 인사를 한 것은 아니었다. 학과 사무실로 재임용에 필요한 서류들을 전달하러 가던 길에, 화물칸 측면에 '행복농장'이라고 적힌 트럭에서 명조와 함께 내리는 그들을 나는 제법 오랫동안 바라보았다. 두 손에 들린 과실 엑기스 상자가 꽤나 무거워 보였고, 한여름에도 차려입은 옷차림은 몹시 답답해 보였다. 그리고 나는 그들이 누구를 찾아왔는지 알 것 같았는데, 승강기가 없어서 오층 건물을 어떻게 오를지 괜히 걱정되었다. 그러니까 그때는 그런 생각만 했을 뿐,

명조에 대해 다른 감정이 생기지는 않았다. 화가 나지도 않았고 안타깝지도 않았다. 다만, 그 무렵에는 쉽게 피로감을 느꼈고, 잠을 오래 자지 못했고, 조금 무기력했을 뿐이었다.

그로부터 한동안 나는 이런저런 생각을 하던 중에 익명 게시판에 올라왔던 그 학생을 찾아가는 장면을 상상하는 일이 많았다. 위로를 하기도 하고, 미안해하기도 하고, 아무튼 그 학생에게 필요한 말들을 들려주기도 했는데 간혹 그게 명조가 되기도 하고, 다른 누군가가 될 때도 있었다. 그때도 여전히 다그치거나 따지거나 하지는 않고 오로지 듣기에 좋을 말들만을 골라 했다. 그러고는 늘 그 끝에 내가 이런 말을 듣는 장면도 함께 상상했다.

"그런데 선생님이 왜요? 왜 저한테 그런 말을 하는데요?"

그러면 당장에 하고 싶은 말들을 참을 수 있었다. 그것으로 어딘가 빚을 갚은 기분이 들기도 했고, 순간의 부끄러움이 제법 견딜 만해지기도 했다. 그러나 그것도 뭐, 그리 오래가지는 않았다. 얼마 지나지 않아 익숙해졌고, 아무것도 하지 않아도 아무렇지 않을 때가 더 많았으니까.

최근에 나는 아주 오랜만에 명조를 생각한 일이 있었다. 대단할 것은 없었다. 연재와 함께 사진 파일들을 정리하다가 우리에게 몹시 낯선 장소를 발견했는데, 그곳이 어디였는지 좀처럼 떠오르지 않았다. 산림이 우거지고 등산로를 따라 가을꽃들이 잔뜩 핀 곳이었다. 강원도나 지리산 어디쯤일 거라 짐작했으나 확신할 수는 없었다. 결국 연재가 먼저 그곳을 기억해냈는데, 아니라고 강원도도 아니고 지리산도 아니지만, "왜 거기 있잖아, 거기. 칼국수만 팔고 수제비는 없다고 당신이 투덜댔잖아"라고만 할 뿐, 막상 그곳이 어디인지 정확한 지명을 대지는 못했다. 그러고는 또 한참을 골몰하며, 잔뜩 미간을 찌푸린 채 다시 사진을 오래 들여다보았다. 그러니까 나는 그런 연재를 보면서 다른 사람을 생각했던 것이다. 이런 표정을 언젠가 또 본 적이 있었는데, 그게 누구의 것이었는지 바로 떠올리지 못했다. 그랬다가도 다시 연재를 생각했다. 내 눈에는 강원도 같기도 하고 지리산 같기도 한 사진을 함께 들여다보면서, 연재가 보고 있는 전혀 다른 그것이 무엇인지 상상할 뿐이었다.

이 해 없이 당분간

그해 겨울은 누가 쉬지도 않고 뺨을 마구 휘갈기는 것처럼 추웠
다. 이듬해 여름은 또 몹시 무더워서 자주 목적지 없이 시내버스
를 타고 돌아다녔는데 여름에 시원하고 겨울에 따뜻한 곳이라면
모름지기 버스만한 데가 없었다. 비용도 별로 들지 않고 눈치 주
는 사람도 없이 냉난방의 혜택을 마음껏 누릴 수 있었으니까. 멀
미만 없다면 그만한 데이트 장소도 없다는 건 연희의 생각이었다.
우리는 너무 덥거나 너무 추워서 도무지 참을 수 없는 날, 주로 맨
뒷자리에 앉아서 멀리까지 갔다 와 승차한 곳에서 도로 내리고는
했다. 두 바퀴씩 돌기도 했다. 졸기도 하고 간단한 것을 미리 챙겨
서 먹거나 마시기도 했다. 무얼 좋아하고 무얼 싫어하는지, 앞으
로 이런 건 꼭 하자, 그건 하지 말자, 가능한 공동의 미래를 계획

한 곳도 대부분 버스 안이었다. 그중에서도 우리가 자주 타던 버스는 273번이었는데 중랑공영차고지에서 출발하여 경희대와 안암동을 지나 혜화, 종로와 광화문, 신촌과 홍대 인근을 운행하는 그 노선을 특히 좋아했다. 아무 곳이나 내리기에도 좋았다. 종각에 내려서 영풍문고에 들어가거나 홍대입구역에 내려서 망원동까지 걷다가 돌아오기도 했다. 그때 전혀 예상할 수 없었던 것이 있다면, 이제는 그럴 수 없다는 것, 정류장 앞에서 괜히 명치가 무거워진다는 것, 냉방 버스 같은 단어를 보다가 불쑥 슬퍼지고 무엇보다 참을 수 없이 연희가 보고 싶어질 거라는 점이었다.

우리가 헤어질 무렵, 무얼 했었나, 무엇 때문에 이렇게 되었나 떠올리다보면 그럴 만한 이유는 정말 없고 그립고 좋은 것만 기억나서 괴로워졌다. 한번은 양치질을 하다가 욕실 거울에 비친 내 모습을 가만 바라보았다. 순식간에 슬픔이 치약처럼 부풀었다. 연희의 물건이 빠져나간 자리마다 빈 곳이 생겨서 옷장 안이 넓어졌고, 화분을 놓았던 자리엔 둥근 얼룩만 남아 있었다. 포개거나 쌓아두었던 것들은 허물어진 상태 그대로 방치되어 있었다. 그러니까 이 집에 연희의 것이라고는 이제 거의 남아 있지 않았는데 있다면 버려도 상관없는 것뿐이었다. 그리고 그게 무엇도 아닌 바로 나라는 걸, 무심결에 연희의 칫솔로 이를 닦다가 문득 깨달았다. 고작 칫솔 같은 존재가 되어 나는 버려졌던 것이다.

할 수 있다면 아주 먼 곳에 가서 살고 싶었다. 내가 좋아하는 텔레비전 프로그램 중에 〈나는 자연인이다〉라는 게 있는데, 거기 나오는 사람들처럼 약초 캐고 텃밭 가꾸면서 자급자족하는 삶을 살고 싶었다. 연희도 공기 좋은 곳에서 건강하고 여유롭게 살고 싶다는 말을 자주 했었다. 그러나 연희가 바라는 곳들은 어딘가 나랑 비슷한 듯 많이 달라서, 북유럽이거나 남미 같은 곳이었다. 언젠가 한번은 은퇴한 영화감독의 회고작을 함께 본 적이 있었다. 전체적으로 어둡고 화질이 좋지 않았는데 비슷한 장면이 여러 번 반복되는 게 지루했었다. 그런데도 영화관을 빠져나와 함께 저녁을 먹는 내내 나는 좋았다 대단하다, 라고만 평가했다. 그날 우리가 무얼 먹고 얼마나 함께 있었는지는 잘 기억나지 않는다. 다만 보통 때라면 연희가 좋아하는 부분을 나도 좋다고 대답하거나 연희가 실망하는 면에서 함께 실망하는 식이었을 텐데, 그날은 왜 그랬는지 내가 먼저 대화를 주도하고 있었다. 그런데도 연희는 내 말을 끊거나 하지 않고 모두 들어주었다. 그런 태도랄까, 배려 때문에 "그런가, 난 좀 별로더라"라는 연희의 대답에 몹시 부끄러워졌다. 더구나 그제라도 진짜는 나도 지루했었다라든지 아니면 아무 말도 하지 말았어야 했는데 자꾸 무언가를 더 말했고, 그럴수록 그게 왜 중요한지 어떤 의도이고 무엇을 의미하는지 설명하려 했다. 연희가 조용히 고개를 끄덕이기라도 하면 더 그러고 싶었다. 가로저을 때에도 어쩐지 열심히 하게 되었다.

연희를 만나면서 나는 종종 우리가 자라온 가정환경이라든지 취향 같은 게 서로 많이 다르다는 걸 확인하고는 했다. 예를 들어, 연희는 가벼운 질병을 꽤나 가지고 있었는데 알레르기나 치과 질환처럼 심각한 것은 아니었으나 분명한 병명이 있어서 치료가 필요한 것들이었다. 딱히 잔병을 앓아본 기억이 없는 나의 건강 상태를 부러워하기도 했다. 환절기 때마다 고생한다는 연희의 증세를 듣고 얼마 뒤에 나는 이비인후과를 방문했다. 그리고 거기서 먼지 알레르기 진단을 받았다. 재채기가 시작되면 쉽게 멈추지 않기는 했으나 그때까지 그게 병인 줄은, 돌보고 관리해야 하는 종류인 줄은 전혀 몰랐던 것이다. 나는 병원을 나오는 길에 곧바로 연희에게 전화를 걸어 이 일에 대해 들려주었다. 그리고 그때의 내 감정이 좀 묘했는데 염려하는 연희의 말을 들으며, 어쩐지 연희가 살아온 방향 쪽으로 나도 조금은 옮겨졌다는 기분 때문이었다. 그게 싫지 않았다.

반면에 연희는 나중에 다시 잘 풀 수 있게 묶는 매듭법 같은 것에 대해서라면 너무 서툴렀다. 무화과도 먹어본 적이 없다고 하고, 풋대추에서는 어떤 맛이 나는지도 몰랐다. 어렸을 땐 동네 아무 집 열매나 따서 먹고 했다는 내 이야기를 듣기 좋아했다. 한번은 함께 〈나는 자연인이다〉를 시청하다가 연희에게 서운했던 적이 있었다. 산중에 무허가 흙집을 지어놓고 사는 남자의 이야기였는데 내벽에 한지가 잔뜩 발려 있었다. 나는 거기에 무슨 글씨가 적혀 있나, 어떤 구절이길래 저렇게 빼곡한가, 집중하고 있다가 옆에서 연희가 하는 말을 들었다. 저런 풍경을 두르고 산다면 좋을 거라고 했다. 나는 그때, 너는 하나도 모른다고 저런 곳에서 저렇게 사는 게 어떤 건지도 모르면서 그냥 부러워만 한다고 한소리했다. 벌레도 많고 불편한 것도 많아서 너는 절대 살 수 없을 거라고.

"그러면 너는 알아?"

연희가 물어서 나는 아무 말도 않고 고개를 끄덕였는데 뭐에 기분이 상한 건지 모른 채 연희 쪽은 쳐다보지도 않고 화면만 바라보았다. 그리고 지금에 와서 다시 그 장면을 떠올리면 나는 몹시 슬퍼진다. 그때 연희가 차라리 화를 내주었더라면 어땠을까. 거짓말 좀 하지 말라고, 어떻게 네가 그걸 아느냐고 따져 물었더라면 우리가 지금과는 달라지지 않았을까, 생각한다. 그러나 연희는 잠깐 조용해졌다가 내 팔을 가만 쓰다듬었을 뿐이다. 뭐라 더 하는 말 없이 다만 부드럽게 내 팔을 쓸어내렸을 뿐인데 나는 그것으로 연희가 내게 미안해한다고 느꼈었다.

연희와 헤어지고 한동안 사람들이 나를 자주 불러냈다. 소식을 들었다며 함께 술을 마셔주었는데, 그런 자리에서 나는 매번 빨리 취해서는 아무 소리나 지껄여댔다. 괴팍하고 예민해져서 오래 주정했는데 기분은 하나도 나아지지 않았다. 무엇보다 나를 불편하게 한 것은 함께 술 마시던 사람들의 태도였다. 등을 두드려주

고 괜찮다, 위로하는 말들이었다. 그럴 수 있다. 뭐? 그래도 된다
고. 더 토해도 돼. 와, 많이도 처먹었네. 그런데 그래도 된다. 너는
그래도 돼, 하는 말들이었다. 그게 나를 더 외롭게 만들었다. 차라
리 멱살을 잡고 그러지 말라고, 별것 아닌 일로 지저분하게 좀 굴
지 말라고, 나를 기피하고 때리고 욕했더라면 나도 함께 머리채를
잡고 싸웠을 텐데. 뭘 안다고 함부로 그런 말을 하나, 화풀이도 좀
하고 그랬을 텐데. 주변의 선량한 사람들이 자꾸 나를 견디고 위
로하는 바람에 연희의 공백만 더욱 선명해졌을 뿐이었다. 그러니
까 사람들이 나를 참아주고 이해해주고 배려하는 그 태도 때문에
지금의 내 상황이 얼마나 나쁘게 됐는지를 매번 상기하게 되었던
것이다.

　아니면 이유 없이 전화가 걸려오기도 했었다. 얼마 전에 여행을
다녀왔는데 어디더라? 서해안인가, 남해라던가 했고 거길 꼭 가보
라고, 어패류가 제철이라 지금 꼭 가봐야 한다고 했다. 또다른 통
화에서는 차를 많이 마시라고도 했는데 아침저녁으로 식전에 말
린 대추를 뜨겁게 우려 마시라고 조언했다. 그게 우울증에 좋다고
했다. 그러고는 마지막에 가서는 꼭 "괜찮지?" 하고들 물어서 그
때마다 나는 진짜는 그렇지도 않으면서 그렇다고 요즘엔 진짜 많
이 좋아졌다고 대답해야만 했다. 그러면 기다렸다는 듯이 또 이런
말이 돌아왔다.

　"너무 애쓰지는 마."

뭘 어쩌라는 건가.

도대체가 나를 왜 가만두지 않나. 왜 자꾸 나를 위해주고 사람을 피곤하게 만드나. 그런 건 내가 원한 것도 아니고, 하나 도움이 될 것도 없는데 그걸 아는지 모르는지 아니면 중요한 건 그게 아니라는 건가. 다만 너를 이해한다, 이렇게 내가 도움이 되는 사람이다, 강조하고 싶었던 것일 수도 있다. 그랬으므로 연희와 헤어지고 한동안은 연희를 미워하기에도 바쁜데, 주변의 친절한 사람들이 더 복잡하게 미워지고 나는 더 고립되고 빈방에 혼자 앉아서 울적해지고 그랬던 것이다.

아니라면 오래 걷기도 했다. 대책 없이 멀리까지 걷다보면 모르는 곳에 가 있었다. 연희와도 온 적 없고 그래서 기억할 만한 것도 없는 낯선 곳이었다. 그런 곳에서 한참을 헤매다가 울면서 집 쪽이라 생각되는 방향으로 다시 돌아왔는데 도착했을 땐 피곤하고 지쳐서 곧바로 잠들 수 있었다.

한번은 늦은 밤에 걷다가 갑자기 비가 쏟아지는 바람에 난처했었다. 날이 춥고 우산도 없어서 가까운 정류장에서 아무 버스에나 올라탄 적이 있었다. 그러니까 당혹스러울 정도로 자연스럽게, 무엇 하나 망설임도 없이 나는 우리가 한때 애용했던 그 273번에 탑승해버렸던 것이다.

생각해보면, 나는 그때가 아니더라도 언제든지 273번 버스를 탈 수 있었다. 내가 사는 중랑구에서 광화문이나 종로로 나갈 때 그럴 수 있었다. 그러나 한 번도 그러지 않았다. 무엇보다 가장 큰 이유는 지하철 때문이었고 신내역에서 타고 회기역에서 환승하는 또다른 교통수단이 있어서였다. 어쩌면 우리가 헤어진 것도 아마 그런 이유가 아니었을까.

여름에 시원하고 겨울에 따뜻한 곳이라면 버스만한 데가 없다고 먼저 말한 것은 연희였다. 그때는 그런 말들이 마냥 듣기 좋았는데 정말 그렇다고, 나도 그렇게 생각한다고 그래서 내가 버스 타기를 좋아한다고 대답했었다. 그러나 내가 오해했던 것이 있다면 연희는 그렇지 않았다는 것, 그것 말고도 더 괜찮은 곳을 많이 알고 있었지만 그러지 않았다는 것, 아마도 나의 사정과 상황들을 고려해서였다는 것, 내가 버스를 탈 수밖에 없는 사람이었다면 연희는 그냥 그래도 되는 사람, 할 수 있는 더 많은 선택지 중에서 그래도 되는 것을 골랐을 뿐. 그러므로 나를 위해서, 그게 다 나를 배려해서 그랬다는 것, 그걸 연희가 견디고 참아주었다는 생각에 서러웠다. 서러워서 눈물이 났다. 버스가 아니면 고작 지하철밖에 상상 못하는 내가 미웠다. 연희는 모르는 걸 나만 알고 있는 것도 싫었다. 자연인들이 사는 집의 구조라든가, 그 집의 서랍을 열면 무엇이 있고, 무엇이 없는지, 혹은 여럿이 모여 자는 날에는 어떤 방향으로 어떻게 몸을 눕히는 것이 효율적인지 따위를 알고 있던 것이다. 괜히 그런 것을 알게 되어서, 모르면 모르는 대로 살았을 텐데. 무엇보다 연희, 연희를 가장 모르고 싶었다.

273번 버스 안은 전에 없이 한산했다. 승객이라고는 나밖에 없었고 나는 연희가 보고 싶었다. 누구의 위로도 없이 혼자 슬퍼할 수 있었다. 심야의 창밖은 어둡고 적막했다. 나는 바깥 아무 곳이나 바라보며 그래, 한강이구나, 저기 대교가 보이고 연희랑 저길 걸었었지, 생각하다가 소리쳤다.

"아저씨, 여기가 어디예요? 어딜 가는 거예요? 왜 이 버스가 자유로를 타고 있어요?"

급하게 하차 벨을 누르고 지금 뭐하는 짓이냐고, 당장 세워달라고 외쳤다. 이봐요, 벨 눌렀잖아요. 이렇게 불이 들어왔잖아요. 내려주세요. 지금 이 시간에 돌아갈 버스도 없고 택시비도 없어요. 아저씨가 내줄 거 아니잖아요. 무슨 짓이에요, 왜 다른 사람한테 피해 줘요? 대중교통이 왜 대중을 위하지 않아? 이봐요 아저씨, 내가 고객이에요. 고객을 소중히 하라고요. 그러나 버스 기사는 묵묵부답으로 나를 더 당황하게 했다. 그는 운전대를 꽉 잡고서 계속 정면을 주시하고만 있다가 마침내 입을 열었다.

"손님, 자리에 앉아요."

나는 더 크게 소리쳤다.

"세우라고요, 당장 세워요. 뭐예요, 내 말 안 들려요? 그런데 아저씨, 표정이 왜 그래요? 지금 울어요?"

내가 묻자 그는 참지 못하고 서럽게 소리 내어 울기 시작했다.

울면서 소리쳤다.

"좀 앉아요! 날 좀 가만 내버려두고 제발 저기 가서 앉으라고!"

아무도 가보지 못한 노선으로 버스는 달려가고 있었다. 나는 맨 뒷자리에 앉아서 기사 아저씨의 울음소리인지, 엔진 소리인지 모를 소음을 들었다. 좀처럼 그칠 생각도 없고 돌아갈 생각도 없이…… 무엇이 우리를 이토록 슬프게 만드는가. 그런 생각을 하다가도 나는 또 연희가 보고 싶어졌다. 버스 안에는 아저씨와 나 둘뿐이고, 우리는 각자의 이유로 따로 또 함께 울고 있었다.

목견

1

사람들이요, 다들 이상한 것 같아요. 화가 나 있다고 할까, 억울해한다고 할까, 아무것도 아닌 일에 진지해져서 시비를 겁니다. 문제는 그걸 다 나한테 한다는 거예요. 나는 사람을 불편하게 만드는 타입이 아닙니다. 그런 상황을 처음부터 만들지 말자는 쪽에 더 가깝거든요. 도대체 그게 뭐가 잘못됐다는 건지 모르겠습니다만 이런 것에도 화를 내는 사람이 있더란 말입니다.

"묻는 말에 그렇게 다 긍정하지 마. 고개 좀 과하게 끄덕이지 말라고."

나는 그렇거든요, 사람들이 하는 말을 가만 듣다보면 그게 다

맞는 말 같고 틀리지가 않다니까요. 각자 나름대로 이유가 있어서 그러는가 싶어서 그렇다고 했을 뿐인데 내가 뭘 잘못한 걸까요. 잘못을 모르는 게 잘못인가. 화를 내고 싶은데 하필 내가 보이니까 그러는 건가. 실은 나한테 화를 낸 게 아닐지 몰라. 그런데 저렇게 말한 사람이 누구였더라. 누군데 함부로 내게 저런 말을 하나. 이런 생각을 하다보면 나는 또 피곤해져서 가장 화를 내야 할 사람은 나다, 내가 가장 억울하다, 진지해지거든요. 그런데도 나는 풀 데가 없어요. 그걸 다 나 혼자 해야 합니다. 한번은 이런 일도 있었습니다. 침구류 코너에서였는데 고객 한 분이 나를 부르는 겁니다. 처음에는 그게 나인 줄도 몰랐어요. 이봐요, 저기 아저씨, 부르는데 그게 어떻게 난 줄 압니까. 매장 안이 이렇게 넓고 아저씨는 또 얼마나 많은데. 주방용품 쪽 상품을 내려주고 돌아가던 참이었습니다. 그 아주머니가 나를 보면서 그래요. 왜 부르는데 대답을 안 하냐, 겨울 이불은 더 어디에 있냐, 하고요. 아무리 둘러보아도 다른 직원들은 보이지 않았습니다. 매장 안의 사정은 나도 잘 몰라요. 창고에서 부족한 것을 옮겨주기만 할 뿐 어디에 진열하는지 나는 모릅니다. 그런데도 아무도 없고 찾는 게 보이지는 않으니까 그걸 계속 나한테 묻는 겁니다.

"남색, 이런 거 남색은 없어요?"

진열대에 물건들이 이렇게 많은데 굳이 남색만 고집하는 사람을 나는 도무지 이해할 수 없습니다. 사람이 참 까다롭다고 할까.

나랑 너무 달라요. 내 경우엔 있는 옷을 입고 포만감이 드는 메뉴를 고르는 편인데 그런 부류가 지극히 나라는 사람을 가리키거든요. 가장 싼 것, 가장 비싼 것, 저렴한 것 중에 비교적 좋은 것을 물었다면 아마 답이 달랐을 텐데. 중요한 것은 대개가 비용으로 결정된다고 믿습니다. 선택을 하는 쪽에서 보자면 그것은 아주 효율적인 기준이 된다고 말이에요. 적당한 가격선을 결정한 뒤에 선택지를 줄여가는 것을 편하게 생각합니다. 나는 그런 데에 길들여진 사람인데도 그걸 자꾸 내게 물어요. 파랑 계통에 명도가 비교적 어두운 색깔. 그것을 원한다고 말입니다. 매장 안은 환했고 보는 눈이 많았습니다. 친절하지 않다고 항의라도 받는다면 곤란한 상황이었습니다. 아직 아주머니가 보지 못했을 높은 쪽 선반에서 몇 가지 비슷한 종류의 상품들을 골라 추천했습니다. 그런데도 하나도 마음에 들어 하지 않고 모두 원하는 색깔과는 너무 다르다는 것이 아니겠습니까.

"이봐요, 그건 너무 보라색이잖아요."

지금 생각해보면 조금 신기하기도 합니다. 그날은 아무리 둘러보아도 매장에 다른 직원이라고는 하나도 보이지 않았습니다. 마트 로고가 박힌 빨간 조끼를 입고 있잖아요. 복장이 우리 물류팀과는 엄연히 다른데도 그 아주머니는 어떻게 나를 알아본 걸까요. 내가 여기 직원인 걸 어떻게 알았을까요. 그 사람이 내게 화를 냈습니다. 남색은 남색, 보라는 보라. 그걸 왜 다 나한테 그런답니까.

그런데요 선생님, 남색이라는 게 또 그렇습니다. 보라색으로 보이기도 하고 그런 것 아닙니까. 남색이라고 하면 남색으로 보이고 보라로 부르면 또 그렇게 보이기도 하는, 그런 것이지 않습니까. 그런데도 그 아주머니는 확신에 찬 목소리로 나를 다그쳤던 겁니다. 당신은 틀렸다. 내가 보는 것이 옳다. 옳은 것을 나는 본다.

어쩌면 화를 낸 게 아닐지 몰라요. 목소리가 큰 사람들은 자주 그런 오해를 받잖아요. 아니 정말 화를 냈다고 하더라도 꼭 나를 두고 그런 건 아닐 겁니다. 다른 사람이어도 그랬겠지요. 그냥 그런 사람들이 있습니다. 무언가 매사에 짜증이 나 있는 사람들. 그런 사람을 만났다는 건 재수가 없었을 뿐 꼭 내가 뭘 잘못한 건 아니잖아요. 그러니까 괜히 그런 일에 기분 상해 할 필요가 없다는 말입니다. 내가 지나치게 예민해진 탓인지도 모르겠습니다. 그즈음 나는 머리를 다쳤거든요. 새로 입고된 물건들을 화물차에서 내리던 중이었는데 물류 담당 매니저가 앞에서 미끄러져서 나도 따라 굴렀던 겁니다. 상태가 아주 심각하지는 않았습니다. 가벼운 뇌진탕이라고 했고 정수리 쪽에 작게 흉터가 남았습니다. 이후로 머리를 감거나 빗을 때마다 자꾸 그곳 주변을 만져버릇하게 되더군요. 고르지 않고 도드라진 감촉이 느껴지는 것이 사람을 집중하게 만들었습니다. 한번 시작하면 좀처럼 멈추기 어려웠습니다. 나중에는 수시로 손이 갔습니다. 덧나거나 감염될 것을 염려하여 참은 적도 여러 번이었으나 어느 순간이 지나면 다시 손을 댔습니다. 흉터를 따라 가만가만 문지르다보면 온전해지는 기분이었습니다. 흔들리거나 덜컹거리는 것 없이 차분해졌습니다. 가로로 뻗어 엄지손톱만큼 넓었으나 실제로 그러한지 눈으로 확인할 수는 없었습니다. 거울에 비추면 교묘하게 시야를 벗어나는 자리였는데 하루는 어머니에게도 그것을 보여주었습니다. 함께 빨래를 개다가 어머니가 먼저 말을 꺼낸 날이었습니다.

"꿈에, 자꾸 네 아버지가 나오잖니. 뭐라고 뭐라고 하는데 하도 차림이 궁색하고 그래서 요즘 그런 꼴을 하고 돌아다니느냐 어디 불편한 데라도 있느냐 당신이 그러면 사람들이 내 욕을 한다, 뭐 이런저런 잔소리만 늘어놓다가 깨는 거지. 내가 너무 야박했나 싶어서 마음이 안 좋다가도 도대체 그 양반이 뭐라고 했는지 궁금해서 하루종일 일이 손에 안 잡혀. 다음에 만나면 꼭 물어봐야지 했는데 다시 나타나면 영락없이 그런 몰골이라 또 한바탕 싫은 소리를 해대다가, 잠깐만 어디 봐라. 그거 아직 덜 마른 거 아니냐?"

내 몫의 티셔츠를 끌어가 이리저리 둘러보더니 어머니는 가로로 한 번 세로로 두 번 개어 빨래를 쌓았습니다.

"사람이 꼭 그렇잖아. 그게 뭐 이렇다 할 소리라도 하면 나을 텐데 자꾸 주변에서 그러기만 하고, 거기까지 가서도 그렇게 괴롭히면 내가 뭐가 되겠어. 사람이 어디 살겠냐고, 불길해서."

그러고는 하나같이 가로로 한 번 세로로 두 번 개어놓은 빨래 중 하나를 집어 얼굴을 묻더니 서럽게 울기 시작했습니다. 아버지는 왜 어머니 꿈에만 나오는 걸까. 나라면 아버지의 말을 먼저 들어줄 것도 같은데. 묻는 말에도 답이 없던 사람이 꿈에서까지 나타나 하려는 소리라면 꽤나 중요한 거 아닌가. 한편으로는 서운했지만, 진짜 중요한 말이라면 아무래도 어머니에게 하는 편이 좀 더 나을 것 같기도 했습니다. 부탁이라도 한다면 부담스러웠기 때문입니다. 그런 생각 때문에 명치가 무거워졌습니다. 뜨거운 무언가를 쏟지 않으려고 나는 겨우 버텼습니다. 그 순간 열이 오른 두 피가 간지럽더군요. 긁적였고 집중하다보니 마음이 가라앉았습니다. 무심코 어머니에게도 이런 게 있다면 좋을 거라고 나는 생각했습니다. 모조리 다 잊어버리고 빠져들 만한 어떤 게 있기를 바랐습니다. 아니라면 매일 저러고 어떻게 사나, 걱정이 되더군요.

아버지가 돌아가시고 어머니는 돌발적인 사람이 되었습니다. 함께 텔레비전을 보다가 난데없이 "뭐라고? 방금 뭐라고 그러지 않았어?" 묻는다거나, 새벽부터 집안의 그릇들을 모두 꺼내 설거지를 한다거나, 집에 돌아온 나를 향해 "당신이에요?" 부르고는 화들짝 놀란 적도 여러 번이었습니다. 간이 맞지 않는 찌개를 내놓아 곤혹스럽게 만든 적도 있었습니다. 너무 짜다고 불평하자 "그러냐, 너무 짜냐?" 하더니 숟가락을 입에 문 자세 그대로 울어버렸던 것입니다. 혼자 있는 어머니를 생각하면 나는 더욱 힘에 부칩니다. 도대체 무얼 하고 있는지 예측할 수가 없거든요. 실은 예측 가능한 어떤 일이 벌어질까봐 더 두렵습니다. 언젠가는 매듭이 풀리지 않는 비닐을 두고 한바탕 씨름을 벌이는 것을 지켜본 적이 있습니다. 그것을 말리거나 도울 생각도 않고 나는 가만두고 보았습니다. 비닐 속에는 다른 비닐들이 가득 담겨 있었습니다. 무언가를 담아 왔다가 버리기는 아깝고 필요할 때 다시 꺼내 쓰려고 모아둔 것이었습니다. 매번 많았고 부족하지 않았습니다. 겨우 그런 것을 담아두었을 뿐인데 안간힘을 쓰는 어머니를 나는 내버려두었습니다. 그 순간 어머니에게만큼은 지극히 중요한 일이 될 수도 있다고 생각했기 때문입니다. 골똘하게 시간을 죽일 만한 어떤 것 말입니다.

마른 빨래를 도로 적시는 어머니를 향해 나는 정수리를 기울였습니다. 그러고는 손을 끌어와 내 머리 위에 얹어놓은 뒤 느껴지지 않느냐고 물었습니다. 오돌토돌하고 손톱만한 흉터를 만지고 있으면 기분이 참 묘하다고.

"너까지 또 왜 이러니?"

소스라치게 놀란 어머니가 묻더군요.

"어디가 안 좋아서 자꾸 그래? 도대체 여기 뭐가 있다고?"

울음도 그치고 과하게 내 머리통을 이리저리 굴려보았습니다.

어떻습니까. 선생님 눈에는 이것이 어떻게 보입니까. 처음에는 분명하게 도드라졌던 자리가 지금은 제법 밋밋해져버렸습니다만, 그러나 그것은 정도의 차이일 뿐 무언가 느껴진다는 것은 여전한

데도 내 어머니는 그런 게 전혀 없다고만 합니다. 정말 없습니까. 만지면 여전히 느껴지는데 정말 보이지 않습니까. 그러니까 아무래도 이것 때문이었나, 싶은 겁니다. 너무 오래 손을 타서 그런 게 아닌가. 그런 이유로 내 머리가 이상해진 것이 아닌가. 나는 평범한 사람이 아닙니다. 장애가 있습니다. 머리를 다쳐서인지 이후에 흉터를 다루던 나의 버릇 때문인지는 모르겠으나 보이는 것을 그대로 보지 못합니다. 눈앞에 있는 선생님을 볼 수 없다는 말이 아닙니다. 선생님이 보는 걸 나도 똑같이 보는데도 그것을 도무지 믿을 수가 없다는 겁니다. 내 말을 이해할 수 있습니까.

그렇다면 이걸 보세요. 사진 속의 이것들을 선생님은 무엇으로 부릅니까. 하나는 개, 다른 하나는 고양이입니까. 그렇다면 이것도 보세요. 이것은 무엇입니까. 이것을 어떻게 나누어 부릅니까. 황당하게 들리겠지만, 나는 둘을 구분하지 못합니다. 개는 개, 고양이는 고양이라고 아무리 설득한다고 하더라도 나는 이해할 수 없습니다. 그것은 배워서 되는 일이 아니잖아요. 개라는 것이 무엇입니까. 다리가 네 개고 꼬리가 길고 털이 복슬거리는 그것이 고양이와는 어떻게 다릅니까. 내게 그것을 설명할 수 있습니까.

2

아버지가 돌아가시고 사람들이 찾아왔습니다. 장례 비용 일체를 지원하겠다고 나선 것도 그 사람들이었습니다. 내 아버지는 경찰 조사를 받던 중에 돌아가셨습니다. 점유이탈물 횡령죄. 그런 죄목으로 아버지를 지목한 것이 바로 그 사람들이었습니다. 아버지가 경비로 일하던 아파트의 주민들이었습니다.

"뭐라?"

밤늦게 집으로 찾아온 여자를 향해 아버지는 그렇게 되물었습니다. 여자가 다시 설명했습니다.

"가방요. 어제 그걸 들고 가시는 걸 봤다고 하더라고요."

선생님께서도 그때 그 여자의 목소리를 들었다면 바로 알아챌 수 있었을 겁니다. 하더라고요, 하는 그 말 뒤에 숨긴 미안한 기색을요. 직접 본 것도 아니고 보았다고 하더라, 했습니다. 나는 옆에서 함께 그 말을 듣고 있었는데 그 여자도 확신하지 못한다고 생각했습니다. 아무런 물증도 없이 다만 남의 말만 믿고 아버지를 모함하고 있다고요. 그러나 나는 압니다. 맹세코 남의 물건에 손을 댈 사람이 못 됩니다. 그렇게 내 아버지를 변호했습니다.

"네, 알지요. 저도 그런 분이 아니라고 생각해요. 우리 아이들한테 얼마나 잘해주시는데요. 아시죠? 십이층 쌍둥이, 아홉 살. 쌍둥이라 남들보다 뭐든 두 배예요. 두 배로 뛰고 두 배로 싸우고 한번은 혼을 내서 쫓아낸 적이 있는데 정말로 그럴 생각은 아니었고 홧김에 나가, 나가서 싸워라 했던 거지요. 애들이 그래요. 금방금방 바뀌거든요. 방금까지 싸웠다가 또 서로 편을 들고 그러거든요. 언제 그랬냐는 듯이 풀어지고 다시 놀고 그런다니까요. 그런데 그날은 한참이 지나도록 들어오질 않는 겁니다. 걱정이 되는 마음에 찾아 나섰는데 그 녀석들이 어디 있었는 줄 아세요? 경비실에요. 눈물을 뚝뚝 흘리면서 서로 미안하다, 내가 더 잘못했다, 그러고 있는 거예요. 무슨 말을 들었는지 그날 밤에는 자는 동안에도 둘이 꼭 끌어안고 놓지를 않았어요. 그렇게나 아저씨를 잘 따랐어요. 그 일에 대해서라면 저도 항상 고맙게 생각해왔고요."

대강의 상황을 전해듣던 어머니는 마실 만한 것을 사오겠다고 했습니다. 여자의 말이 다 끝나기도 전에 대접할 만한 게 없다고 하더니 나가버렸습니다. 우리 가족으로서는 염려될 만한 것이 없었거든요. 왜겠습니까. 어머니도 알고 있던 겁니다. 아버지가 절대 그럴 사람이 아니라는 것을요.

"그런데요, 오늘 아침에 그애들이 그래요. 댁의 아버님이 그걸 들고 가시는 걸 봤다고."

나는 우리 아버지를 잘 압니다. 하지만 선생님, 그런 주장의 근거는 또 무엇이겠습니까. 가족이어서? 그게 정말 이유가 됩니까. 평생을 같이 살았다. 그러므로 그럴 사람이 아니라는 것을 나는 보증한다. 그런 논리가 가능합니까. 정말 나는 알고 있던 게 맞을까요. 다 알고 있다면서 왜 그 여자가 말하는 동안 줄곧 아버지의 표정을 살폈던 겁니까. 혹시라도 초조해하거나 불안한 태도를 보이지는 않을까. 괜한 꼬투리를 잡히게 행동하지는 않을까. 그러나 내 아버지는 줄곧 편안해 보였습니다. 지금 생각해보면 그렇게 편하게만 두어서는 안 될 일이었습니다. 정말 내가 아버지를 믿었다면 그 순간에 나는 화를 내야 했습니다. 아버지보다 먼저 무슨 짓이든 해야 했거든요. 당신 이거 다 명예훼손이고 생사람 잡는 거다. 아버지가 안방에서 순순히 가방을 들고 나오게 할 일이 아니었습니다. 감색의 네모난 그 서류가방을요. 여자는 아버지가 내놓은 가방을 바로 알아보았습니다. 어떻게 된 일이냐고 내가 물어도 아버지는 편하게 웃고만 있었습니다.

"주웠다. 아직 쓸 만한 것이 버려져 있길래 내가 먼저 주웠어."

우리집의 식탁에는 높이와 모양이 서로 다른 의자가 모두 넷입니다. 본래 쓰던 것을 버리고 아버지가 주워온 것들만 남은 탓입니다. 겨울에는 아버지가 자주 외투를 걸어두는 자리이기도 했습니다. 외투에 짝이 맞지 않는 단추를 달아놓은 것은 내 어머니입니다. 일하는 아파트에 그런 것이 많다고 했습니다. 누구든 가져갈 수 있었고 먼저 주워오지 못하면 두고두고 아까워하는 아버지를 나는 여러 번 보았습니다. 그리고 이번에는 그 가방을 주웠던 것입니다.

"그러지 좀 말아요. 왜 자꾸 이런 걸 집에 가져와요."

나는 아버지를 타박했습니다. 남이 버린 것을 자꾸 가져다 쓰다 보면 사람을 궁색하게 만들기 때문에 그러지 말라는 뜻에서였습니다. 무엇보다 물건을 버린 당사자가 앞에 있었습니다. 구질구질하고 부끄러웠습니다. 가죽으로 된 그 가방은 귀퉁이가 해졌으나 여전히 고급스러워 보였습니다. 내 눈에도 좋아 보인다는 그 사실이 나는 가장 부끄러웠습니다. 그러나 그 여자는 우리 집안의 사정 같은 것에는 전혀 개의치 않아 했습니다. 안감을 확인하고 주머니를 뒤져 가방에서 아버지의 물건들을 하나씩 꺼내놓기 바빴습니다. 쏟아내는 것에 더 가깝게 서둘렀습니다. 그러고는 물었습니다.

"반지는요? 반지는 어디 있어요?"

CCTV에 찍힌 아버지는 좋아 보였습니다. 재활용품을 모아놓은 분리수거함에서 페트병과 유리병, 종이나 비닐류를 분류하고 있었는데 거기서 가방을 골라내는 아버지가 그렇게 좋아 보일 수 없었습니다. 어깨끈을 조절하고 길이를 맞춰 메어보기도 했습니다. 아버지는 그곳에서 가방을 주웠습니다. 그러나 반지까지 버린 것은 아니라고 여자는 주장했습니다.

"누가 그걸 버려요. 나는 안 그래요."

그러니 반지는 돌려줘야 한다고 했습니다. 버린 물건을 갖는 것과 잃어버린 걸 갖는다는 건 전혀 다른 문제이니까요. 법조계에 있다던 그 여자의 남편 말에 의하면 유실물을 함부로 다루면 범죄가 된다고 하더군요. 점유이탈물 횡령죄. 사람을 주눅들게 만드는 단어였습니다. 아버지의 경우는 사정이 더 복잡했습니다. 절도가 될 수도 있다고 했습니다. 의도적으로 남의 물건을 돌려주지 않는 것은 문제의 소지가 더 크다고 말입니다. 아버지는 처음부터 반지 같은 건 없었다고 말했습니다. 한 번도 본 적이 없는데 어떻게 훔치나. 여자 쪽에서는 믿으려고 하지 않았습니다만 몇 차례 더 경찰 조사를 받는 동안 아버지의 혐의를 입증할 수 있는 증거는 어디에도 없었습니다. 주웠을 뿐, 법적으로 훔친 것은 전혀 없었다는 뜻입니다. 그러나 그것과는 별개로 다시 일터로 나가려는 아버지를 나는 말려야 했습니다. 나는 떳떳하다. 그러니 거기서 계속 일하지 못할 게 없다. 주워온 의자에 앉아 저녁을 먹는 내내 고집을 피우던 아버지를 나는 어떻게든 말렸어야 했습니다. 아버지는 떳떳했으나 아파트의 주민들은 그렇게 생각하지 않았습니다.

아버지는 그 아파트 옥상에서 떨어졌습니다. 도대체 아버지를 죽인 것은 누구입니까. 경찰은 자살이라고 했습니다만 그렇게 된 동기라는 것이 있지 않겠습니까. 누군가는 그 동기에 책임을 져야지 않느냐는 겁니다. 아무 잘못도 하지 않은 사람이 왜 죽어야 합니까. 아버지를 마지막으로 본 사람이 있었습니다. 마흔 중반의 그 남자가 순찰을 돌던 아버지와 마주한 것은 늦은 밤이었습니다. 술에 취해 화단에서 졸고 있던 남자를 아버지가 흔들어 깨웠던 겁니다. 여기서 이러고 있으면 안 된다고 말한 것은 그 남자였습니다. 또 뭘 훔치려고 여기 있나. 지키라고 내가 돈을 주는데 내 관리비에서 그거 다 나가는데 이거 뭐 경비가 아니라 도둑놈이네. 그러고는 때렸습니다. 사람이 부끄러운 줄 몰라, 화를 내면서 부축하는 사람의 뒤통수를 두 번. 그런 짓을 하고도 고개를 숙이지 않는다고 수치심이 새겨질 정도로 힘껏. 그것도 뒤통수를요.

"보세요. 이 새끼가 아버지를 때리잖아요. 이것 때문에 사람이 죽었는데 뭐라? 죄가 없어?"

그러나 CCTV에 찍힌 장면만으로는 직접적인 사인이 되지 않는다고 했습니다. 경비실에 앉아서 오래 뒤통수를 만지작거리는 아버지를 나는 보았습니다. 그런 행동에는 사람을 집중하게 만드는 힘이 있습니다. 한번 시작하면 좀처럼 멈출 수가 없거든요. 소리도 없는 화면 속에서 서럽게 울고 있던 아버지는 날이 밝은 뒤에야 뒤통수가 함몰되어 발견되었습니다. 탁탁 두 번 쳤을 뿐인데 머리가 다 깨진 채로 죽어버렸습니다. 아버지를 때린 남자는 반지를 잃어버린 여자와는 아무 상관도 없는 사람이었습니다. 그런데도 왜 화를 냅니까. 자기도 보지 못한 반지가 가방 속에 있었을 거라고, 그걸 아버지가 훔친 거라고 믿는 근거는 다 무엇입니까. 왜 그 여자 말만 믿는지 나는 모르겠습니다. 경찰서에서 남자는 미안하다고 했습니다. 너무 취해서 그랬다고, 일이 이렇게 될 줄은 전혀 몰랐다고 말입니다.

선생님, 우리 아버지는요 정말 그럴 사람이 못 됩니다. 그러나 무엇으로 그걸 증명하겠습니까. 경찰 조사에서 아버지의 잘못을 입증할 만한 증거는 발견되지 않았습니다. 그런데도 왜 다른 사람 눈에 비친 아버지는 모두 의심스러웠던 겁니까. 발견되지 않았을 뿐 훔친 것은 맞는다는 확신이 어디에서 비롯된 겁니까. 내게는 장애가 있습니다. 장애를 발견한 것은 아버지가 돌아가신 지 한참 뒤의 일이지만 그럴 만한 증상들은 얼마든지 있었습니다. 남색을 보듯 나는 보라색을 보는 사람입니다. 그러니까 말입니다. 어쩌면 이것은 선천적인 문제고 그러므로 나는 아버지에 대해 줄곧 잘못 알고 있던 것 아닌가. 내가 아는 사람이 실제로는 달랐던 게 아닌가. 요즘 나는 부쩍 그런 의심이 듭니다.

3

다시 이 사진을 보시겠습니까.

어딘가 이제 달라 보이지 않나요. 여전히 그렇습니까. 혹시 전에 본 적이 있는, 아는 개입니까. 처음 보는 이것이 그런데 어떻게 개라고 확신합니까. 그러면 이건 어떻습니까. 선생님 앞에서 네발로 기는 나는 지금 무엇으로 보입니까. 지금 나를 어떻게 보나요. 내게 그걸 설명할 수 있습니까. 아니요, 똑같다는 말이 아닙니다. 내 눈에도 개와 고양이는 정말 달라 보이거든요. 문제는, 그렇다면 어째서 여기 이 둘은 모두 개라고 부르냐는 겁니다. 하나는 주둥이가 길고 다른 것은 전체적으로 납작한 두상을 가진 것이, 서로 이렇게 다른데. 뭐라? 짖는다고요? 개는 짖고 고양이는 울어요? 그래요? 정말 이 사진 속의 동물들이 내는 소리가 선생님 귀에는 들린다는 겁니까. 어떻게 짖지도 않는 사진 속의 동물을 구분합니까.

보통의 개들은 대개가 이렇게 생겼다,

라고 했습니까. 이 말을 나는 기다렸습니다. 결국엔 선생님도 그렇게 대답할 거라는 걸 나는 알고 있었거든요. 장애를 가진 뒤로 나는 자주 묻습니다. 개라는 것은 정말 무엇인가. 그리고 그때마다 사람들은 보이는 것을 말해주는데 하나도 틀리지가 않아요. 내가 보는 것을 모두가 함께 보는데 그래서 이것이 개라니요, 당신이 설명하는 것은 고양이일 수도 있는 거 아닙니까, 나는 되묻습니다. 누군가는 화를 냅니다. 대부분에게는 미친 사람 취급을 당하고요. 그러니까 어떻게 다릅니까. 자기도 설명하지 못하면서 왜 맞다고만 우기는 겁니까. 우리 모두가 같은 것을 보고 같은 지점에서 긍정하는데도 왜 나만 틀립니까. 우리는 이제껏 같은 말만 했는데 왜 하나는 잘못되었다고 합니까. 아닐 수도 있잖아요. 내가 맞을 수도 있는 거 아닙니까. 왜 한 번도 그걸 의심하지 않나요. 진짜는 내가 보지 못한 어떤 것이 있을 수도 있을 텐데, 그럴 수도 있지요. 내가 잘못 볼 수도 있잖아요. 그런데 왜 다들 그건 말하지 않고 내가 보는 것을 그대로 보면서 나만 틀렸다고만 합니까. 왜 나만 그렇습니까. 보통의 개라니, 무슨 대답이 그래요. 평범하다는 말입니까. 원래 그렇다는 겁니까. 그런데 그런 건 없지 않나요. 다들 자기 입장에서 보이는 것을 보는 거 아닙니까.

나는 머리를 다쳤습니다. 이후로 이렇게 되어버렸거든요. 그날은 들어온 물건이 많아 일손이 부족했는데 매니저도 일을 거들다가 턱에 걸려 넘어졌습니다. 뒤따르던 나도 같이 구르는 바람에 거기서 머리를 다쳤습니다. 그러니까 이런 상황에서라면 내가 화를 내야 하는 거 아닙니까. 넘어진 것은 난데 머리가 깨진 것도 나고 그것 때문에 이렇게 개와 고양이도 구분하지 못하는 장애를 앓는 것은 모두 나인데, 매니저란 놈이 뭐라는 줄 압니까. 자기도 다쳤다는 거예요. 보라고 무릎을 내밀며 자기도 아프다고. 그게 무슨 소리입니까. 왜 사람들은 그런 말을 하나요. 머리와 무릎. 어디가 더 아프겠습니까. 스스로도 놀랄 정도로 나는 큰소리를 쳤습니다. 내가 더 아프다. 그러니까 뭐라는 줄 압니까.

"누가 거기 있으래?"

왜 나는 이런 말을 들어야 합니까. 보통은 그렇습니까. 보통은 내가 더 억울해야 하는 겁니까. 보통이라. 도대체 그 보통이란 것은 또 무엇입니까. 보통의 개라는 것은 무엇으로 결정됩니까. 비용 같은 겁니까. 적당한 선에서 고르는 기준. 그런 게 있다는 겁니까. 비싸지도 저렴하지도 않은 어느 중간의 선. 그러니까 그런 것은 누가 정하는 겁니까. 실은 모두 각자의 기준에서 보통이 아닙니까. 내가 살 수 있는 형편에서의 남색과 선생님의 남색은 다르지 않나요. 가장 남색은 아니지만 보랏빛이 도는 그런 것. 나는 겨우 그런 것에 만족해야 합니다만 선생님은 다르지 않습니까. 내 아버지는 버린 물건을 줍는 것에 아무런 부끄러움이 없던 사람입니다. 그렇다고 그것이 훔치는 일도 아무렇지 않게 한다는 뜻은 아니잖습니까. 아니면 보통은 줍는 사람이 훔치기도 하는 사람이라서 내 아버지를 믿지 않았던 겁니까. 선생님이 한번 대답해보세요. 누가 더 잘못한 겁니까. 누가 문제를 일으켰나요. 잃어버린 쪽이 처음부터 잘못 아닙니까. 자기 물건 하나 간수하지 못하고 왜 애꿎은 사람에게 피해를 준답니까. 사정이 이러한데도 오히려 자기들이 더 화를 내요. 당신은 틀렸다. 내가 보는 것이 옳다. 옳은 것을 나는 본다. 그러면 나는 어떡합니까. 정수리나 만지작거리며 뭐든 집중하는 것이 다 그런 이유에서입니다. 그걸 다 나 혼자 해야 하거든요.

그런데 왜 자꾸 이쪽을 봅니까.

이것.

이 가방.

내가 들고 다니기에는 너무 고급스러워 보입니까. 그렇습니다. 이게 문제의 그것입니다. 그 여자가 버렸고 아버지가 주워온 그

가방입니다. 선생님은 이렇게 멀쩡한 것을 버리는 쪽입니까, 줍는 쪽입니까. 그날 반지를 찾지 못한 여자는 가방을 도로 챙겨 가지 않았습니다. 정말이지 버리고 간 것입니다. 장례가 끝나고 그 여자 부부가 다시 찾아왔습니다. 인터넷에는 이미 내 아버지에 대한 기사가 올라와 있었고 그들도 그것을 읽었다고 했습니다. 상황이 아주 난처해졌다고도 했습니다. 인터뷰의 내용을 짚어가며 이런 식이라면 명예훼손이 될 수 있다는 말에 어머니는 크게 놀랐습니다. 무엇보다 그들이 준비한 서류에 적힌 위로금의 액수가 더 놀라웠습니다. 아버지를 비용으로 환산한 수치는 내가 생각했던 것보다 훨씬 큰 단위였습니다. 이런 사람이 왜 버려진 것을 줍고 다녔는지 모를 정도로 비쌌거든요. 법조계에 있다던 남편의 말투는 부드럽고 조리가 정연했습니다. 그게 그렇게나 매정하게 들릴 수 없었습니다. 도의적인 행동일 뿐 법적인 의무는 없다고 했습니다. 이것으로 더이상의 문제 제기는 없어야 한다는 게 요지였습니다. 그리고 그 순간 무언가에 집중하는 어머니를 나는 보았습니다. 멍하게 응시하는 그곳을 나도 따라 보았습니다. 그러니까 그 여자가 끼고 있던 반지를 우리는 함께 보았던 겁니다. 물론, 그것은 그 여자가 잃어버렸던 것이 아닐 수도 있습니다. 반지 같은 건 얼마든지 더 가지고 있었거나, 아니라면 새로 구입한 것일 수도 있겠지요. 그게 가능할 사람들이었습니다. 그렇게 우리와는 달랐습니다. 어머니는 잠깐 자리에서 일어났다가 돌아왔습니다. 그러고는 서류에 찍을 도장을 찾는답시고 그들 앞에서 뒤적인 것이 무엇인 줄 압니까. 그렇습니다. 바로 이 가방입니다.

4

선생님, 이제 내가 억울해하는 이유를 알겠나요?

그날 내가 했던 말의 의도를 이해할 수 있어요?

나는요, 사람들이 좀 이상하다고 생각합니다. 무슨 말이든 자기가 맞고 내 말은 다 틀리다고만 해요. 뭐가 다른지 설명도 하지 못하면서 그냥 다르다고 화를 냅니다. 선생님만 해도 그래요, 왜 여전히 화난 표정으로 나를 보나요. 전단지를 나누어주던 여자에게 그런 말을 한 건 내가 맞습니다. 그래서 그게 뭐가 잘못인가요. 내가 뭘 잘못했는지 설명을 해보세요. 그러니까 그날, 선생님이 본 것은 무엇입니까. 내가 본 것과 어떻게 다릅니까. 어떻게 다르길래 나만 해고되는 겁니까. 그 여자는 우리 매장에 피해를 입힌 사람이잖습니까. 선생님도 그걸 보지 않았습니까.

그날, 나는 바로 이 자리에서 느리게 달리는 야생동물 영상을 시청하고 있었습니다. 밝고 깨끗한 화면, 우수한 명암 대비, 넓은 시야각과 직관적인 기능. 물건을 내려놓고 진열된 상품들을 구경하던 중이었습니다. 초고속으로 식물들의 생장 과정을 촬영한 장면은 계속 보아도 질리지 않았습니다. 이곳은 생각할수록 이상합니다. 매장은 넓고 선반마다 물건들이 많아서 이걸 다 어디에 쓰나 싶은데 꼭 사 가는 사람들이 있잖아요. 사는 데 이렇게 많은 것들이 필요한가, 싶을 정도로 종류가 많아요. 내게는 전혀 필요하지 않은 것들을 누군가는 구입하는 것이잖습니까. 그런 생각이 듭니다. 어쩌면 내가 너무 몰랐던 게 아닐까. 뭐가 필요한 줄은 알고 살았어야 하는 거 아닌가. 불편하면서 불편한 것도 모르고 불필요하다 오해한 채로 그냥 살기만 했다, 뭐 그런 생각 말입니다. 그러다보면 사람이 진지해져서 무언가 억울한 기분이 들고 화도 나고 왜 나만 몰랐나, 모르고 살아서 그런가, 그래서 당하고만 살았네, 사람을 아주 졸로 보고 무시하고 왜 내게 화를 내나, 내가 뭘 잘못했다고 내가 세상 가장 억울한 사람인데, 먼저 화를 내지 못했던 일들이 생각나서 두고두고 후회가 됩니다.

이곳에서 여자는 찾는 것이 보이지 않는다고 했습니다. 카트에 물건을 가득 싣고 또 뭐가 필요한지 주변을 두리번거리고 있었습니다. 완구류와 냉동식품 코너를 빠르게 훑으며 아무나 붙잡고 무언가를 묻고 다시 두리번거리기를 반복하면서 지나가고 있었습니다. 나중에는 카트도 버려둔 채로 온 매장 안을 뛰어다니다시피 했습니다. 그 여자가 나를 붙잡고 물었습니다.

"연두색 원피스를 입었어요. 방금까지 여기 있었는데 못 보셨어요?"

 그게 벌써 한 달쯤 전의 일입니다. 구내방송이 여러 차례 이어
졌고, 직원들이 함께 찾아 나섰으나 결국 발견되지 않았습니다.
분명 함께 있었다던 아이는 어디로 간 걸까요. 이상하지 않습니
까. 그날은 주말이었고 사람들이 그렇게 많았는데 아무도 보지 못
했다고 했습니다. 사흘 뒤 매장 입구에 현수막이 걸린 다음부터
여자는 매일같이 이곳에서 전단지를 나누어주기 시작했습니다.
거기에는 어린 여자아이의 사진이 있었고 당시 입고 있었다던 옷
차림, 체격은 약간 통통한 편에 긴 머리, 같은 인상착의가 적혀 있
었습니다. 여자를 제법 닮은 얼굴이었습니다. 그러나 실제로 그
아이가 시식 코너 같은 데서 나타난다고 하더라도 누가 알아보겠
습니까. 그 나이의 통통하고 긴 머리의 여자아이가 얼마나 많은데
요. 더구나 그마저도 주의깊게 보는 사람이 드물었습니다.

 이후로 나는 그 여자를 자주 지켜보았습니다. 매장 안에 들를
일이 있을 때마다 어디서 무얼 하고 있는지 찾게 되더군요. 여자
는 보이는 사람마다 찾아가 전단지를 들려주었고, 비슷한 나이의
여자아이를 빤히 쳐다보다가 부모들의 경계를 받기도 했습니다.
완구류 코너에서 무언가를 들었다 놓기를 반복하던 날에는 푸드
코트에서 이 인분의 식사를 홀로 하는 것을 목격한 적도 있습니
다. 내가 왜 그랬을까요. 왜 그 여자를 줄곧 지켜보고 있었던 걸까
요. 무엇이든 있을 것 같은 이곳에서 없는 것을 찾는 그 여자를 보

고 있으면 나는 기분이 참 이상했습니다. 집중하게 된다고 할까. 자꾸 잊어버려요. 감정 같은 거. 나만 혼자 불행하다는 억울한 기분 같은 거.

한번은 빈 카트 앞에 여자가 오래 서 있었습니다. 그 안에 구겨진 전단지를 주워 담고 있었습니다. 내가 그것을 함께 모아 건네주자 여자는 과하게 고개를 숙여 받더군요. 작은 호의에도 지나치게 감사하는 사람이 이미 되어버렸던 겁니다. 그리고 무엇보다 전단지의 접힌 쪽을 다시 반듯하게 펴려고 하는 여자의 강박을 나는 발견했습니다. 이런 부류의 사람들이 그렇거든요. 어디에든 정신을 집중할 만한 것을 만들어야 해요. 바로 그 순간만큼은 가장 중요하다고 믿을 만한 어떤 것. 나는 그것을 가만 두고 보았습니다. 그리고 얼마 지나지 않아 여자가 입을 열었습니다.

"어제는 젊은 엄마가 화장실에서 애를 때리더라고요. 뺨을요. 작은 남자애였는데 어찌나 사납게 우는지 맞으니까 애가 더 울잖아요. 그런데도 애엄마는 태연히 손을 씻더라고요. 애는 울고 화장실 안이 요란한데도 정말 가만두고만 있는 거예요. 변기에 앉아서 그걸 듣고 있자니 너무 서러웠어요. 그 여자가 부러웠거든요. 나도 우리 애를 때릴 수 있다면 좋겠다. 눈앞에서 우는 애를 모른 척하고 싶다. 아무것도 모르고 손을 씻는 그 여자가, 그때 나는 정말 되고 싶었거든요. 그러고는 자꾸 그런 생각이 드는 거예요. 그때 내가 왜 그랬을까. 도대체 어디서부터 손을 놓쳤던 걸까. 그런데 이상하게 그건 하나도 기억에 없고 조린 우엉과 깻잎 중에 어떤 게 좋을까, 김밥에 넣을 속 재료를 고민했던 것만 떠오르는 거예요. 정작 그걸 먹어야 할 아이는 버려두고 다음날 유치원 소풍 준비로 정신이 없었거든요. 내가 무슨 생각으로 그랬던 건지 정말 모르겠어요. 내가 왜 그랬을까. 우리 애한테 그게 너무 미안해요."

그런 말을 하는 그 순간에도 여자의 손은 여전히 전단지의 접힌 쪽을 문지르거나 비비기를 멈추지 않았습니다. 가까운 곳에서 누군가의 카트가 채워지고 무언가가 필요한 사람들로 주변이 북적이는데도 우리는 아주 동떨어진 세계에 들어와 있는 것처럼 슬펐습니다.

선생님, 나 같은 사람들은 이 여자에게 지금 무엇이 필요한지 너무 잘 압니다. 남색의 겨울 이불 같은 것을 고를 능력은 없습니다만, 이 경우는 다르거든요. 사람들이 왜 남의 일에 무관심한 줄 압니까. 그게 자기하고는 멀어 보여서 그래요. 각자의 기준에서 보면 딱하기는 하지만 지금 해야 할 일이 더 급하고 절실한 줄 알아요. 더구나 그게 내 일이 될 수도 있다는 걸 모르거든요. 정말 몰라요, 몰라서 그래요. 모르니까 확신합니다. 그런데 나는 알거든요. 세상 가장 억울한 사람이 바로 나라고 믿어왔습니다. 그 아파트 주민들만 생각하면 억울해서 화가 났습니다. 그런데 그럴 만한 게 없는 사람은 어떡합니까. 탓할 곳도 없고 화낼 만한 데도 없어서 모두 자기 잘못으로 돌리는 이 여자는 어떻겠습니까. 우리

중 누가 더 딱하다는 말이 아닙니다. 여자의 일은 너무나 개인적인 것이라 나로서는 도무지 이해하기 힘들고 가늠하기 불가능하겠지만 그럼에도 불구하고 견딜 만한 무언가가 필요하지 않겠어요? 나는 그걸 할 수 있어요. 기운을 내라, 이런 빤한 말에 힘을 실어줄 수 있는 사람이 나입니다. 나는 아버지를 잃었고 장애를 얻었습니다. 내 말의 무게감은 남들의 그것과는 달라요. 울고 있는 여자에게 내 사정을 들려주고 싶었습니다. 나의 장애에 대해서, 우리 아버지가 돌아가신 사연에 대해서. 그게 어떤 식으로든 그 여자에게 도움이 되지 않겠나 생각했던 겁니다. 나는 여자의 손을 잡아주었습니다. 당신은 혼자가 아니다. 우리는 함께 아프다. 그러나 여자는 그것을 완고하게 거절하더군요.

"그래서요?"

내 이야기를 모두 들은 여자가 되물었습니다. 전단지를 쥔 손에 힘이 들어가서 그게 다 구겨지는 것도 모르고 나를 빤히 바라보는 겁니다.

"그래서 도대체 무슨 말이 하고 싶은 건데요?"

좀전과는 아주 달라진 태도였어요. 불쾌해한다고 할까, 억울해한다고 할까. 내 말의 진의는 안중에도 없이 그대로 자리에서 일어나 나오는 경우가 아주 다르다며 정색을 하는 겁니다. 맞아요, 화가 나 있었어요.

"미안하지만, 나는 당신만큼 불행한 게 아니에요. 우리 애는 돌아올 거거든요. 당신 아버지처럼 죽은 게 아니잖아요? 그러니까 우리는 상황이 달라요."

　도대체 무엇이 여자를 기분 나쁘게 한 걸까요. 그 여자는 왜 남의 호의를 그렇게 받아들인 걸까요. 나로서는 황당한 일이지 않겠습니까. 내가 뭘 잘못했길래. 아무래도 내 잘못을 모르는 게 잘못인가. 아니면 그냥 화를 내고 싶은데 마침 내가 거기 있어서 그런 건가. 실은 나 때문에 화가 난 게 아닐지도 몰라요. 그냥 그러고 싶었던 것일 수도 있을 텐데, 그렇다고 하더라도 왜 하필 그게 납니까. 왜 나를 함부로 대하는 겁니까. 내가 그래 보입니까. 내가 만만해 보이니까 사람들이 다 그러는 겁니까.

　나는 곧장 여자를 뒤따라갔습니다. 그런 의도가 전혀 아니다, 왜 지레짐작으로 사람을 나쁘게 만드나. 이봐요 그런 말이 아니에요, 아니라니까요. 무슨 말로든 해명하고 싶었으나 아무 말도 들으려 하지 않았습니다. 그럴수록 오히려 여자는 불쾌한 기색을 노골적으로 드러냈습니다. 이상하게도 내가 아니라고 주장할수록 정말 무슨 불순한 의도를 가진 사람인 양 되어버리는 겁니다.

　"알았어요, 알았으니까 이제 그만하라고요."

　여자가 소리쳤습니다. 그 소리에 사람들의 고개가 우리 쪽으로 향했습니다. 지금껏 관심도 없던 사람들이요, 전단지 같은 것에는 하나도 주의를 기울이지 않던 그 고객들이 우리 주변을 에워싸고 지켜보기 시작했던 겁니다. 그러나 그것과는 상관없이 나는 어쩰

든 오해를 풀어야 했거든요. 억울하잖아요.

"제발 내 말 좀 끝까지 들어봐요."

그럴수록 여자는 더 화를 내고 사람들은 더 모여들고, 선생님도 거기 있지 않았습니까. 바닥에 그대로 주저앉은 여자를 부축하고 등을 두드리며 위로한 것도 선생님이잖아요. 마트 로고가 새겨진 빨간 조끼를 입고 있던 선생님이 내게 그만두라고도 하지 않았습니까. 그런데 뭘 말입니까. 도대체 내가 뭘 했다고. 돌아가는 상황이 어딘가 나를 더 억울하게 만들었습니다. 여자는 점점 더 큰 소리로 나를 몰아붙이기만 했습니다. 누구도 내게 어떻게 된 일인지 묻지 않았습니다. 이상한 눈길로 쳐다보며 수군거리기만 했습니다. 그걸 나도 들었거든요. 그러니까 아무것도 모르면서 어떻게 내가 그 여자에게 잘못이 있다고 확신하는 건지 나는 잘 모르겠습니다. 정말이지 내가 가장 억울하다, 지금 가장 화를 내야 할 사람은 나다, 소리치고 싶었습니다. 그러나 정작 내 입에서는 너무 뜻밖의 소리가 튀어나오는 게 아니겠습니까. 여자의 손에서 전단지를 뺏는 나의 태도는 단호했습니다. 왜 여기서 이러나, 남의 영업장에서 뭐하는 짓이냐.

"그러게 누가 잃어버리라고 했어요? 당신이 잃어버리고 왜 애꿎은 사람들에게 피해를 줍니까?"

내가 진짜 하고 싶었던 말은 이게 아니었습니다.

그런데요, 이 말도 전혀 틀린 건 아니지 않나요?

선생님도 그 상황을 다 지켜보지 않았습니까. 어떻게 말을 전했길래 나만 해고되는 겁니까. 무슨 이유로 윗사람들이 내 말은 하나도 듣질 않고 선생님의 말만 믿는 겁니까. 내가 보았던 걸 선생님도 다 보셨잖아요. 그 여자 때문에 우리 고객들이 불편해하지 않았습니까. 이곳에 오는 사람들은 필요한 걸 찾으러 오는 사람들이지, 남이 원하는 걸 찾아주는 사람들은 아니잖아요. 나는 그걸 지적했을 뿐입니다. 그런데도 어째서 내가 잘못했다는 겁니까. 그게 어떻게 틀린 말입니까. 무엇보다 잃어버린 것이 잘못이라고 선생님도 그러지 않았습니까. 내 아버지의 경우에서 선생님도 긍정하지 않았습니까. 그것이 어떻게 다릅니까. 달라요? 아버지는 아버지고, 그 여자는 그 여자라고요? 그게 어떻게 다릅니까. 그것을 내게 설명할 수 있습니까. 아니라면 우리 아버지는 어떻게 되는 겁니까. 억울한 게 아니라는 말입니까. 잃어버린 쪽의 잘못이 아니면 내 아버지는 왜 죽은 겁니까. 그게 다 아버지 탓이라고요? 대답을 해보세요, 선생님. 같은 직원끼리 왜 자꾸 선생님이라고 부르냐니요? 왜요, 이게 그렇게 부담스러워요? 무얼 부르든 호칭이 뭐가 중요합니까. 중요한 것은 선생님이 그때 무엇을 보았는지 제대로 모른다는 겁니다. 무얼 보고 들은 겁니까. 이봐요, 지금 내 말을 듣고 있어요? 왜 나를 그렇게 보는 겁니까. 개가 짖듯 왜 귀를 막습니까.

예정

한번은 누가 육교 아래를 가리키며 그러는 거예요.

"너, 저게 다 뭔 줄 아냐? 바닥에 얼룩 같은 거, 저거."

편의점 앞으로 도로가 넓었습니다. 도로 위로 육교가 있었고 사망 사고가 발생한 곳이라 위험하다는 표지판도 있었습니다. 검은 아스팔트에는 주변에 비해 더욱 검고 진한 얼룩이 많았는데 그중 가장 선명하다 싶은 것을 나는 유심히 바라보았습니다.

"저거 다 고양이다. 밤에 저렇게 많이 죽는다."

그런 말을 듣기 전에는 가끔씩 급한 마음에 도로를 가로지른 적도 있었으나 이후에는 그러지 않았습니다. 얼룩을 밟는 일이 아무래도 불길했기 때문입니다. 그런데 그로부터 사흘인가 지난 뒤에 육교에서 아래를 가만 내려다보는데 왠지 화가 나더라고요. 전에

봤던 얼룩은 좀처럼 찾을 수 없고, 그런 말을 하던 남자만 자꾸 떠올랐습니다. 내게 왜 그런 말을 했나, 고작 담배 한 갑 사면서 뭐? 너? 너라고? 왜 나를 함부로 대했나.

요즘 들어 내가 좀 그래요. 자꾸 화가 납니다. 혼자 있으면 더 그러거든요. 괜찮았던 일도 나중에 가서 불쑥불쑥 떠오르고, 불 꺼진 방 안에 가만 누워 있으면 사람들은 왜 자꾸 그런 소리를 하나, 왜 나를 무시하고 가볍게 여기나, 무엇보다 나는 왜 그때 바로 화를 내지 못했나, 싶거든요. 한번 시작하면 몰두하게 되고 집요해져서 좀처럼 빠져나오지 못합니다. 나는 그래요, 사람이 자꾸 싫어집니다.

편의점으로 들어오는 물건을 진열하고 계산하고 청소를 하다보면 별의별 사람들을 다 상대해야 합니다. 비슷한 다른 상품이 있는데도 없는 것만 찾지를 않나, 계산도 하기 전에 포장지를 뜯지를 않나, 거스름돈이 부족하다고 화를 내기도 해요. 조목조목 영수증을 짚어가며 당신이 틀렸다, 내가 옳다고 지적하면 미안하다는 말도 없이 그냥 나가버려요. 대신 기분이 나쁘네, 친절하지 못하네, 중얼거리기나 하고 도대체가 왜들 그러는 겁니까.

언젠가는 이미 사용한 물건을 환불해달라고 소란을 피운 적도 있습니다. 목욕 용품이었는데 유분이 많아 건성 피부에 좋고 향도 나쁘지 않은 제품이었습니다. 그런데도 그 손님은 전보다 더 피부가 거칠어졌다고 항의했습니다. 하루에 두 번씩 아침저녁으로 샤워를 하고 꼼꼼히 바르는데도 보라고, 여기를 좀 보라고 하더니 팔을 걷어붙이고는 내게 들이댔습니다. 각질이 하얗게 일어난 것이 누가 보더라도 문제가 있어 보였습니다. 편의점이 아니라, 병원에 먼저 가야 하는 것 아닌가 싶을 정도로 심각해 보였거든요. 얼마나 긁었는지 전체적으로 피부가 붉었는데…… 그래서 뭐? 나보고 뭘 어떻게 하라고. 그걸 왜 나한테 그러는 겁니까.

특별히 물건에 이상이 있었던 것은 아닙니다. 그보다는 사용자의 부주의가 더 문제였습니다. 그 제품이라면 비교적 저렴한 편에 속해서 나도 주로 사용하는 것이었습니다. 거품이 많아서 적은 양으로 오래 쓸 수 있었습니다. 버젓이 클렌저라고 쓰여 있는 그것을 샤워 후에 보습제로 사용했으니 문제가 생기는 건 당연한 일 아닌가요? 분명 그 사람의 잘못 아닙니까? 아무래도 그렇잖아요. 그렇게 나는 설명했습니다. 그런데도 자기 잘못은 하나도 인정하지 않고 오히려 고객을 우습게 본다면서 화를 내요. 쥐고 있던 물건을 던지고 책임자를 찾았습니다.

나는요, 정말이지 사람이 싫습니다. 자기만 옳고 자기 말만 하는 사람들을 아주 혐오합니다. 그날 급하게 연락을 받고 달려온 점장의 태도도 전혀 마음에 들지 않았습니다. 기대한 것과는 달리 사과를 하더라고요. 무언가 착오가 있었다고, 아르바이트하는 학생이라 뭘 몰라서 그런다고, 마치 내게 어떤 잘못이라도 있다는 것처럼 그대로 환불을 해주잖아요. 그런데도 나는 옆에서 가만 두고 볼 수밖에 없었습니다. 그렇지 않다, 내 잘못이 아니다, 무언가를 해명하는 일보다 다른 상황이 더 걱정되었습니다. 그러니까 혹시라도 저만큼의 손해를 내 월급에서 제하면 어쩌나, 그게 나는 가장 염려되었습니다.

선생님은 어떻습니까, 사람을 상대하는 게 견딜 만합니까. 이유도 없이 누가 나를 함부로 대하는 일에 아무렇지 않을 수 있다는 겁니까. 그러나 나는 아니거든요. 신경이 쓰여요. 그러다보면 자꾸 이런 생각이 드는 겁니다. 누군가는 화를 내고 그걸 상대해야 하는 쪽은 또 따로 있고, 왜 나는 이쪽에 있나, 나는 왜 그들이 아닌가, 화가 나기도 하고 무언가 나를 참을 수 없게 만듭니다. 누구보다 나는 그 노인을 가장 견딜 수 없었습니다.

편의점 출입문 앞에 손님들이 이용할 수 있는 야외 테이블이 있습니다. 빤히 가까운 곳에 보이는 휴지통을 두고도 바닥에 쓰레기를 버리는 몰지각한 사람들 때문에 손이 많이 가는 곳이었습니다. 그런 곳에 그 노인이 있었습니다. 매일같이 나와서 무얼 사거나 먹고 마시는 일 없이 육교가 있는 넓은 도로를 바라보는 게 전부였습니다. 볕을 따라 의자를 조금씩 옮길 뿐 특별히 무얼 하는 게 없었습니다. 비가 아주 많이 오는 날에도 파라솔 아래에 몸을 움츠리고 앉아 있는 것을 나는 보았습니다. 체구가 작아서 앉아 있는 의자가 상대적으로 깊어 보였습니다. 한번은 테이블을 정리하는 내게 물었습니다. 그걸 자기가 좀 가져도 되겠느냐고요. 그때의 내 기분은 조금 이상했습니다. 딱히 내 것이라고 할 수도 없는 빈병과 깡통뿐이었는데도 거기에 무슨 권한이라도 있는 것처럼 내게 허락을 구하고, 호주머니에서 봉투를 꺼내 그것 모두를 빠짐없이 담아가는 노인을 보고 있자니 나는 마음이 불편했습니다.

이후로 노인은 테이블 위에 버려진 것을 담거나, 담을 만한 것이 없을 때는 여전히 도로를 바라보거나 볕을 쬐며 앉아 있었습니다. 그리고 나는 그때마다 누군가 필요하다고 생각했습니다. 실내에서 노인을 가만 바라보고 있으면 누군가는 돌봐야 하는 것 아닌가, 가족이거나 이웃이거나 하다못해 공무원이라도. 누구 하나쯤은 그래야 하는 거 아닌가.

또 한번은 매장에서 나온 쓰레기를 종량제 봉투에 담아 내놓는데 그 노인이 그래요. 거기에 두지 말라고요. 편의점 건물 뒤쪽 공간이었습니다. 다른 곳에 비해 눈에 띄지도 않고 지나는 사람도 드문 곳이었으므로 이전에도 종종 당장 필요 없는 것들을 쌓아두곤 했습니다. 그런데도 노인은 그곳 말고 다른 곳에 두라는 거였습니다. 만약 다른 날이었다면, 나는 이유를 묻고 그럴 만한 사정을 들으려 했을지 모릅니다. 그러니까 평소보다 여유로웠다면, 덜 바쁘고 다음 해야 할 일이 전혀 없었다면, 왜 그러느냐고, 무슨 이유 때문이냐고 물었을지 모릅니다. 그러나 그날은 무척 바빴거든요. 해야 할 것들은 자꾸 있고 매장을 오래 비울 수도 없었습니다. 무엇보다 그런 말을 듣고 있자니 기분이 나빴습니다. 버젓이 다른 상가에서 내놓은 쓰레기들도 있는데 굳이 바쁜 나를 두고 그런 소리를 한다는 게. 그래요, 어딘가 무시를 당한 기분이었습니다.

"무슨 상관이에요."

나는 필요 없이 큰 소리로 말했습니다. 이미 버려진 것들이 있고, 그럴 만한 장소라 그러는 것뿐이니 괜한 참견 하지 말라는 소리도 해버렸습니다. 그럼에도 노인은 아무 대답을 하지 않았습니다. 다른 손님들처럼요, 화를 내거나 건방지다느니, 친절하지 못하다느니, 그런 말은 전혀 없이 당황해하기만 했습니다. 대신 벽에 기대놓은 종량제 봉투를 조금 옆으로 밀어놓더군요. 그러고는 본래 거기 있는 줄도 몰랐던 문을 여는 것이었습니다.

그날 이후로 나는 노인을 제대로 마주하기 어려웠습니다. 무언가 하지 말아야 할 말을 해버린 것처럼 자꾸 후회되는 거예요. 차라리 보지 못했더라면 어땠을까. 그런 곳에 누군가 세를 들어 살 수 있다는 걸 몰랐다면…… 잠깐 열린 문 뒤로 보였던 그 가벼운 세간들에 대해서 그냥 아무것도 몰랐으면, 하고 말입니다.

노인을 마지막으로 본 것은 아마 보름 전쯤일 거예요. 그 보름 전까지만 하더라도 늘 저기 야외 테이블에 앉아 있었거든요. 제법 쌀쌀해진 날씨 때문이라고만 생각했습니다. 그러나 며칠이 지나 날이 풀리고 볕이 좋은데도 나타나지 않았습니다. 아니면, 다른 이유가 있을지도 몰라요. 일전에도 사나흘쯤 나오지 않은 적이 있는데 신발을 찾더라고요. 빨아서 잠깐 바깥에 널어두었는데 밤사이 보이지 않는다고, 혹시 보지 못했느냐고 물었습니다.

의심이 가는 사람들이 있긴 했습니다. 전날 술에 취한 남자들 여럿이 편의점 안으로 우르르 몰려들어왔는데 아마 그 사람들 짓일지 몰라요. 차거나 던지거나 그게 아니면 길고양이가 물고 갔다거나 하다못해 그냥 버린 것으로 알고 정말 수거해 간 것일지도 모르는 일이잖아요. 적어도 누가 훔쳐간 건 아닐 거예요. 노인은 어쩔 줄 몰라 했습니다. 매장 안에 진열된 슬리퍼를 집으며 가격을 물었습니다. 그러고는 잠시 뒤 딱 그만큼의 잔돈을 챙겨 다시 돌아왔습니다.

어쩌면 이번에도 그런 사정이 생긴 게 아닐까, 걱정되었습니다. 그래서 보이지 않는 게 아닐까. 신발보다 더 크고 심각한 문제요. 좀처럼 안심이 되지 않아서 내가 신고를 했습니다. 막상 어디로 해야 할지 몰라 119에 전화했더니 지역을 묻고 그쪽 전화번호를 알려주더라고요. 자신들의 소관이 아니라면서요. 가까운 주민 센터에서 담당자를 찾으라고요.

선생님을 기다리는 동안, 나는 그 집의 문을 먼저 두드려보았습니다. 그런데도 아무런 기척도 없고 잠긴 문은 열리지 않았습니다. 안에 누가 있는 걸까. 귀를 기울여도 무엇도 들리지 않았습니다. 정말 아무도 없는 게 아닐까. 아니면 무어라 대답도 못할 만큼 심각한 상태인 건 아닐까. 서둘러 문을 열어 그걸 확인해야 했거든요.

그런데 뭐하는 거예요. 선생님은 왜 고작 그런 말이나 해요. 그게 무슨 말입니까. 그럴 권한이 없다니. 남의 집이라 함부로 들어갈 수 없다고요? 지금 이 안에서 누가 도움이 필요할지도 모르는데 왜 그런 말을 합니까.

아니면 저것은 무엇입니까. 저 육교 아래 저 얼룩, 전에는 없었는데 저 크고 선명한 것은 도대체 언제부터 생긴 겁니까. 혹시 무슨 일이 있었던 것 아닙니까. 내가 이곳에 없던 사이에 누가 사고를 당한 거 아닙니까. 그게 누구예요? 몰라요? 왜 모릅니까. 선생님이 알아야 하는 게 그거 아닙니까. 왜 당신한테 그런 말을 하냐니요? 내 일도 아닌 일에 왜 화를 내냐고? 그러면 좀 안 됩니까. 다들 나한테 그러는데, 나는 왜 안 됩니까. 그럼 누구한테 말해야 하는 겁니까. 그 노인을 도대체 어디서 찾아야 하는 겁니까.

미래의 내가
과거의 나를

1

내 이야기를 한번 들어보겠나?

궁금하겠지.

아니, 앞으로 그대가 듣게 될 이야기가 아니라 '들어보겠나?'라고 말하는 이 목소리의 주인이 누구인지 궁금할 거야. 도대체 누구길래 알지도 못하는 그대에게 함부로 말을 거느냐며, 무례하다고 생각할 수도 있겠지. 혹시 그 점이 그대를 불쾌하게 만들었나. 처음부터 내 말투가 거슬렸다고 불만을 품고 있는 건 아닌가.

그렇지, 그런 감정들이야말로 기억을 새기는 데 도움이 된다네. 생각해보게나. 그대가 오랫동안 잊지 못하는 일들이란 과연 무엇이었는지. 억울했거나 무안을 당했거나 아니면 예상 밖의 감동을 받았을 때, 누군가로 인해 마음이 애틋해지던 순간들 아니었나.

기억이란 게 그렇다네. 엘리베이터 안에서 현관문은 제대로 잠 갔는지, 가스불은 제대로 꺼둔 게 맞는지, 방금까지 옆에 두고 볼 륨을 조절했던 리모컨은 도대체 어디로 간 거지? 냉장고 앞에서 지금 내가 뭘 꺼내려고 한 거야? 매번 확신할 수 없고, 어제 먹은 점심 메뉴가 가물가물한 사람들조차도 사랑하는 연인과 처음 함 께 거닐었던 골목의 풍경들은 비교적 생생하게 기억한다네. 이별 을 말할 때 무심하게 서 있던 가로등과 그 무렵에 듣던 노래들도 좀처럼 잊히지 않는 법이라네. 인생사를 희로애락으로 정리하는 것도 우연은 아니지.

그러나 그대에게 들려줄 나의 이야기는 그런 종류의 것이 아니 라네. 오히려 이것은 그대의 팔꿈치 같은 이야기라네. 온전히 제 자리를 차지하고 있지만, 결국엔 잊어버리고야 마는 것. 분명하게 존재하지만 존재를 의식하는 순간 불편해지는 것. 어떤가. 방금까 지 전혀 느끼지 못했던 감각들이 되살아나는가. 왠지 팔꿈치에 닿 는 촉감에 집중하게 되고, 이유 없이 뻐근한 기분이 들기도 하고, 이전과 달라진 게 전혀 없는데도 괜히 몸을 움찔거리게 되지 않았 나. 그것이 그대를 불편하게 만드는가. 그만 잊어버리고 싶겠지. 그렇다면 내가 도움을 좀 줄 수도 있다네. 말하자면 이것은……
그대의 눈꺼풀 같은 이야기일 수도 있다네. 아무 노력도 하지 않고 두 눈을 깜빡거렸던 무수한 순간들을 그대는 지금껏 망각하고 있었던 거라네. 아니면 새끼발가락 같은 것일지도 모르지. 모서리에 부딪히거나 레고 조각을 밟을 때에나 기억하게 되는 것. 이보게, 그러니 침을 한 번 삼킬 때마다 생각해야 한다네. 이 이야기가 바로 그런 이야기라는 것을. 불편한 목구멍을 의식하는 순간, 기어코 잊어버리게 되는 그대의 팔꿈치 같은 이야기라네.

어쩌면 그대도 이미 이 이야기를 알고 있을지도 모른다네. 공중파와 케이블 뉴스 채널에서도 보도된 내용이라고들 하니까. 겨울철 난방기 관리 부주의로 인한 화재 사고였고, 상가 건물이 밀집한 구역이었으나 다행히 또다른 곳으로 옮겨붙지는 않았으므로 재산상의 피해도 그리 크지 않았다네. 애당초 값나가는 무엇이 있을 만한 공간은 아니었거든. 건물을 따로 올리지 않고, 부지를 비워 운영하던 사설 주차장이었다네. 관리실 용도로 사용되던 컨테이너에는 고작 낡은 사무용 집기들이 있었고, 생수병을 넣기에도 비좁은 한 단짜리 냉장고, 그나마 중고로 내놓는다면 겨우 팔릴 만한 실외기 없이 작동하는 에어컨 정도뿐이었다네. 한 사람이 누우면 조금 남는 평수였으나 그것도 대각선으로 누울 때나 가능한 일이었지. 그러니까 그런 곳에 사비로 들여놓은 전기난로가 말썽을 부린 것이었다네. 따로 연료를 필요로 하지 않고, 간단하게 스위치 하나로 조작할 수 있었으나 결정적으로 전열 기구답게 과열에는 취약했다네.

난방 기구로 인한 겨울철 화재 사고가 매해 평균 이백여 건씩 발생한다는 걸 그대는 알고 있었나. 그러니까 그런 보도 기사들로부터 그대는 무얼 기억하고 있는가. 뭐라? 들어본 적은 있긴 한데…… 잘 모르겠다고? 기억이 전혀 나지 않아?

그렇다면 매일 적당량의 견과류와 녹황색 채소, 특히 비타민 B1과 오메가3를 충분히 섭취하는 것이 도움이 될 수 있다네. 고대로부터 전해 내려오는 기억력 향상을 위한 훈련법도 있지. 어려울 건 별로 없다네.

우선, 그대에게 익숙한 장소를 한 곳 상상해보게. 눈을 감고도 어디에 무엇이 있는지 알 수 있는 곳이라면 더없이 좋다네. 예를 들어, 어느 아침 욕실 변기에 앉아 있는 자기 자신을 떠올려보게. 그곳을 기준으로 오른쪽에는 세면대가 있고, 그 위로 거울이 있으며, 반대편에는 수건이 걸려 있겠지. 이제 그대는 기억하고 싶은 것들을 그 자리에 대신 놓아두기만 하면 된다네. 잊지 말고 해야만 하는 일, 어제 만났던 사람들의 이름이라든지, 반드시 기억해야 될 날짜도 좋다네. 변기를 대신해서 '금일 협력업체와의 미팅 일정 확인', 세면대에는 '수요일 일곱시 반려견 3차 예방접종', 수건과 욕조에는 각각 중요한 기념일을 하나씩 올려두는 식이라네. 그런 후에 그대는 몇 년째 사용하는 탈모 예방에 좋은 기능성 샴푸를 떠올리는 것만으로도 공과금 납기일을 함께 기억할 수 있게 되는 것이지. 혹시 더 많은 것을 기억하고 싶은가? 그렇다면 이제 더 넓고 구조가 복잡한 '기억의 욕실'을 짓기만 하면 되는 거라네.

자, 이제는 좀 어떤가. 그 화재 사고와 관련해서 무언가 떠오르는 것이 있는가? 아니야? 수백 건씩 일어나는 사고를 일일이 어떻게 다 기억하느냐고? 왜 그런 걸 그대에게 묻느냐고? 어쩌면 그대의 빈약한 기억력 탓이 아니라 메마른 감정이 더 문제일지도 모르겠군. 내가 이렇게 다시 말한다면 그대는 어떤 기분이 드는가. 컨테이너가 화마에 휩쓸리고 있던 그 순간, 그곳에는 사람이 있었다네.

2

알고 싶겠지. 그날의 사고에 대해 그대와 달리 내가 무엇을 더 기억하고 있는지. 크리스마스를 일주일 앞두고 일어난 참사였다네. 주차장은 대로와 가까웠는데, 도로를 건너 반대편 골목까지 시야가 흐릿해질 만큼 연기로 가득했지. 신고를 받고 곧바로 출동한 소방차와 구급차는 정작 유료 주차장을 바로 앞에 두고 불법주차된 차량들 때문에 진입에 애를 먹었고, 경광등과 사이렌 소리에도 좀처럼 비키지 않는 구경꾼들 때문에 초기 진압에 어려움을 겪었다는 말도 있었다네. 아마 그걸 보는 마음이란······ 따뜻했을 거야. 열흘 내내 지독한 한파가 이어지고 있었으니까. 이대로라면 올해는 화이트 크리스마스를 기대해도 좋을 거라고, 잿가루가 공중에 부유하고 있을 때 누군가에게는 그게 마치 작은 눈송이처럼 보였을지도 모른다네. 무엇보다 대부분은 몰랐을 테니까. 야간에는 운영하지 않는 곳이라 부지 내에 주차된 차량은 하나도 없었고, 고작 컨테이너 한 채쯤 타는 일이라면, 구경을 해도 좋을 거라고 여겼겠지. 그러나 그 안에 누군가가 있었다네.

구조대가 서둘러 출입문을 부수고 들어갔고, 고작 낡은 집기나 타고 있을 거라는 예상과는 달리 바닥에 쓰러져 있던 한 사람을 발견했다네. 그를 서둘러 바깥으로 끄집어내는 순간, 구경꾼들에게 잿가루는 이제 더이상 눈송이처럼 보이지 않았겠지. 어디선가 탄식이 새어나오고, 곧이어 웅성거리는 소리도 들렸을 테지. 낭만적이고 따뜻했던 풍경이 일순간 뼛가루처럼 닿으면 안 될 불길한 무엇이 되어버린 거라네.

그래서,

그때 내가 거기 있었느냐고?

그걸 모두 똑똑히 목격한 거냐고?

궁금하겠지. 거기에 알려진 것과 다른 진실이 있을지 모른다고 생각하는 것인가. 진짜는 난방 기구 때문만이 아니라, 다른 이유가 더 있는 것 아니냐고?

아니.

전혀.

더구나 그 일에 대해서라면 나는 아는 것이 별로 없다네. 사고가 일어난 지 한참 뒤에야 인터넷을 통해 기사를 접할 수 있었고, 그조차도 단신으로 처리되어 있어서 사건의 내막을 알기에는 부족한 데가 많았지. 다만, 그것을 읽었을 때의 나의 감정이 그대와 다를 뿐이라네. 그렇다네, 그날 그 불길 속에서 구조된 사람은 다름 아닌 바로 나였지. 무엇보다 당시에 나는 공식적으로 심장이 정지된 상태였다네.

이제는 잿더미가 되어 모두 사라졌지만, 여전히 나는 그 컨테이너의 내부를 온전히 상상할 수 있다네. 손을 뻗으면 무엇이 닿을지 예상할 수 있고, 매출 장부가 어디에 놓여 있는지 고민 없이 찾을 수 있을 만큼 익숙한 곳이었다네. 물론, 누구라도 한눈에 세간을 파악할 정도로 협소한 곳이었지. 그러나 좁은 공간일수록 체계적인 정리와 수납이 필요한 법이라네. 그걸 내가 아주 잘했거든. 모서리 공간을 활용하고, 용도와 빈도를 기준으로 모양과 부피에 따라 자투리가 남지 않게 꼭 맞는 자리를 찾아주는 것이 중요하다네. 그러니까 그 컨테이너에서 나는 빈틈없이 무언가를 채우고 쌓고 자리를 만들어준 다음…… 기억했다네. 내가 잃어버린 것. 되찾아야만 하는 것. 나를 이곳에 몰아넣어버린 것. 말하자면 그곳은 내 모든 기억을 보관해둔, 기억의 궁전과 다름없는 곳이었다네.

3

그대가 기억하게 될 나는 어떤 사람인가. 무얼 기억하든 그것은 나의 전부가 아니라네. 그대의 예상과 다르게 나는 대체로 무난하고 굴곡 없는 삶을 살아왔다네. 전체적으로 보자면 특별히 기억될 것 없이, 통계 지표에서 평균에 해당하는 사람이었지. 베이비부머 세대로 태어나 유급 없이 상업고등학교를 순탄하게 졸업하고, 배터리 수출에 주력하던 지역의 건실한 중견 기업에서 사무직으로 삼십구 년간 일했다네. 그사이 회사의 지원을 받아 방송통신대학을 졸업했고, 내 명의로 된 서민형 아파트 한 채가 생겼으며, 당연하게도 주택 담보로 빌린 융자금도 적지 않았지. 기성복을 입으면 따로 수선이 필요 없을 만큼 평균적인 신장과 체형, 딱히 식성이 까다로운 것도 아니었으며, 남들만큼의 주량과 내 나이대라면 누구나 걱정할 만한 고지혈증과 높은 콜레스테롤 수치를 가졌다네.

은퇴 후 꿈꾸는 노후라는 것도 대단할 게 없었지. 어느 가정에나 있을 만큼의 지루하고 반복적인 불화를 겪으면서도 전체적으로 보자면 화목하다고 말할 수 있었다네. 아내도 딸아이도 남들에 비해 특별히 욕심이 많거나 부족한 사람들이 아니었지. 게다가 우리가 구상하고 설계했던 미래라는 것도 이미 우리에게 주어진 것에서 크게 벗어나지 않았다네. 딱 그 정도만큼의 생활이 유지되기를 바랐을 뿐이었지.

은퇴 후, 딸아이의 결혼 비용을 마련하느라 중간 정산을 받고 남은 퇴직금은 그리 넉넉하지는 않았다네. 그럼에도 여전히 내 명의의 부동산이 남아 있었고, 가입한 지 이십 년을 넘긴 개인연금도 있었으며 무엇보다 평생 연 십이 퍼센트대의 임대 수익률을 보장받고 있었지. 운이 좋았다네. 입지나 전망도 좋고 창밖으로 보이는 제주도 해변의 풍경이 끝내주는 관광호텔이었지. '우수한 객실 가동률' '준공 후 위탁 운영' '분양 개시 두 시간 만에 완판'. 비록 광고 문구에 불과했으나, 개인 투자자의 안정적인 노후를 보장해주기에 충분한 조건이었다네.

아내와 나는 상의 끝에 그 호텔의 객실 한 곳을 분양받았다네. 몇 가지 번거로운 절차들도 없진 않았지. 수중에 있던 현금을 끌어모으고 본래 있던 아파트의 융자금을 늘렸다네. 딸아이 부부의 도움도 조금 있었지. 부담해야 될 이자가 적지 않았으나 그때는 뭐랄까, 아주 간단한 산수라고만 생각했다네. 복잡할 것 없이 계산이 딱 떨어지는 문제였으니까. 어떻게 셈하더라도 남는 장사였다네.

그대는 한곳을 오래 바라보면 보이지 않던 것이 보인다는 걸 알고 있나. 듣지 못한 것을 듣게 되고 생각이 많아지지. 무엇보다 지금의 내가 잊었던 과거의 나를 계속 돌아보게 된다네. 그런 이유로 나는 아무것도 걸려 있지 않은 컨테이너의 빈 벽을 노려보는 일이 많았다네. 누우면 천장이 아니라 사무용 책상의 모서리가 먼저 보이는 곳이었지. 주기적으로 한 번씩 냉장고의 모터가 멈추면 무척 고요해졌다네. 그러나 대신 생각이 맑아졌지. 그때 내가 보지 못한 것은 무엇이었나. 무엇을 차마 듣지 못했고, 헤아리지 못했던 것은 또 무엇인가.

묻고 싶겠지. 어째서 전망 밝던 나의 노후가 그런 비좁고 누추한 가건물 컨테이너 안에 머물게 되었는지. 아니, 혹시 어딘가에서 이미 들어본 이야기라고 생각하는 것 아닌가. 그대의 눈에는 빤히 보이는 진부한 이야기인가. 이런 식의 사연은 대개는 비슷한 결말을 맺게 되는 법이니까. 요약하자면 이후로 당초 기대했던 수익금은 제대로 지급되지 않았고, 법적 분쟁으로 이어졌으며, 법은 전혀 상식적이지 않더라는 이야기.

뭐?

누구나 다 알 법한 이야기 아니냐고?

그러나 나는 몰랐다네. 무엇보다 이해가 되지 않았지. 엄연히 정당하고 합법적인 절차를 밟아 성사된 계약이었고, 그런 계약에 위배된 경우가 발생했는데도 누구에게도 책임을 물을 수 없었다네. 운영을 위임받은 업체는 영업난을 이유로 파산해버렸고, 예상했던 고수익은커녕 얻는 것은 하나도 없는 호텔 객실에 대한 재산세만 꼬박꼬박 청구되었다네. 그런데도 감당해야 될 은행 이자는 전혀 줄지 않았다네. 안정된 노후. 그런 게 과연 진짜 있기나 한 것일까. 생활보다 당장의 생계를 걱정해야 할 지경이었지.

한동안 아내와 나의 주된 일과는 구인광고를 들여다보는 일이
었다네. 만족스럽지는 않더라도 적당한 곳을 구할 수 있을 거라고
기대했지. 무엇보다 내게는 경력이 있었으니까. 인사 자료를 검토
하고, 자재와 납품 일정 등을 관리하며 국내외 굵직한 입찰 계약을
따낸 적도 있었다네. 이력서를 채우는 일도 별로 어렵지 않았지.
그러나 정작 그런 이력들은 새로운 일을 구하는 데에 전혀 도움이
되지 않았다네. 무엇보다 내가 구할 수 있는 일들이란 구인 문구
에 '최저 시급'과 '단순 노무'라고 적힌 것으로만 한정되었지.

아내는 우리가 처한 상황을 비교적 냉정하게 바라보았다네. 쓸
데없이 후회와 자기 연민에 빠질 만한 사람이 아니었지. 당장에
필요한 생활비는 돈이 될 만한 물건들을 정리하여 마련했다네. 그
와 함께 우리가 해야 할 일과 할 수 있는 일이 무엇인지 찾으려고
했고, 그게 무엇이든 하려 했다네. 다만, 그런 아내도 결국 견디지
못한 순간이 있었지.

한번은 구청 홈페이지에서 공공 일자리를 알아보던 날이었는데
급식 보조나 공원 관리, 공중화장실을 관리하거나 재활용품을 분
류하면 시간당 최저임금을 받을 수 있었다네. 거기에 간식비 조로
부대비 오천원이 더해졌지. 상황에 따라 사업이 조기 종료될 수도
있었으나 만근시 주휴 및 연차 수당도 받을 수 있었다네. 나쁘지

않은 조건이었지. 그런데도 구비 서류 목록과 신청 자격을 살펴보던 아내는 어딘지 화가 나 보였다네. 현관문과 창문을 모두 열어 환기를 시키기도 하고, 괜히 방바닥을 힘주어 닦으며 보는 사람을 불안하게 만들었다네.

서러웠겠지. 자격 조건에 적힌 문구를 읽고, 새삼 우리의 처지를 다시 한번 확인할 수 있었을 테니까. 우리는 그 일에 지원조차 할 수 없었다네. 가구소득 및 재산 조건에 부합하지 않았지. 내 명의로 된 호텔 객실 때문이었다네. 경매에 묶여 팔 수도 없고, 약속 받았던 정기적인 소득도 없는데 어째서 기준 중위 소득상 우리 가정의 지표는 여전히 그대로 유지될 수 있는지…… 이해할 수 없었다네.

다만, 시간이 지나자 내게도 이전에 보이지 않던 것들이 보이기 시작했다네. 이미 그 무렵에는 소유한 아파트는 전세로 전환한 뒤였고, 그마저도 유지하기 어려웠지. 결국 아내는 딸아이와 당분간 함께 지내기로 했다네. 그로부터 더 오랜 시간이 지났을 때는 전에 없던 후회들로 괴로웠으며, 분명하게 처음과 다른 마음이 생겨나기도 했다네.

그 컨테이너는 말이네, 외관은 제법 번듯했으나 제 몫을 하는 것은 별로 없었지. 겨울에는 외풍이 심했고, 여름에는 환기가 잘 되지 않았다네. 비가 오는 날에는 습기로 바닥이 금세 눅눅해졌고, 자주 벽을 타고 곰팡이가 생겼지. 고심 끝에 내가 내릴 수 있는 결론은 오직 하나뿐이었다네. 웬만해선 이곳을 벗어날 수 없을 것 같다는 것. 그러나 그보다 나를 더 암담하게 만든 것이 무엇이 었겠나. 이곳을 벗어난다고 해도 마땅한 대안이 내게는 없다는 사실이었다네.

4

누군가 나의 인생을 기록하려 든다면, 이야기는 아마 그 주차 장에서부터 시작될 거라고 생각한다네. 딱히 갖춰진 게 별로 없는 공터에 가까웠으나 함부로 드나들 수 없도록 차량 출입을 통제하고 십 분 단위로 요금을 받았다네.

포장하지 않은 흙바닥이라 비가 온 다음날에는 무성하게 잡초가 자라나 있었지. 하루는 개 짖는 소리가 요란해서 밤새 잠을 설쳤는데 아침에 일어나보니 출입문 앞이 흠뻑 젖어 있었다네. 비는 더 오지 않았는데도 지붕과 천장이 맞닿은 이음매에 물방울이 맺혔다가 어느 순간 아래로 뚝뚝 떨어졌다네. 그렇게 모인 물의 양이 제법 되었지. 당장 바닥을 훔치고 빗물이 새는 곳 아래 넓고 움푹한 그릇을 받쳐놓은 후 문을 열려는데 녹슨 경첩 때문인지 아귀가 틀어진 탓인지 잘 열리지 않았다네. 홈이 파이고 어딘가 틀어진 탓에 아무래도 간밤 빗물이 그 사이로 들이친 모양이라고 생각했다네.

간단하게 여겼으나 문을 고치는 일은 생각보다 손이 많이 가는 일이었지. 겨우 수리한 문을 여러 번 여닫으며 더 벌어진 곳은 없는지 확인하면서 나는 생각했다네.

그런데 간밤의 그 개들은 다 뭐였을까.

짖어대는 소리가 하도 요란해서 한두 마리는 아닌 듯싶었다네. 하지만 주변은 상가로 둘러싸여 있었고, 풀어놓고 개를 키우기에 적당한 곳이 어디인지 좀처럼 가늠할 수 없었지. 그때의 나는 아직 아무것도 없는 공터를 바라보았다네. 주차된 차량은 하나도 없었고 대신 모퉁이 한편에 버려진 것들이 많았다네. 한 번에 버려졌다기보다는 오랫동안 따로 버려진 것들이 차곡차곡 쌓였던 것일 테지. 그러니까 저기 어디, 무성한 쓰레기들 틈 사이 어딘가에 무엇이 더 있을 것만 같았다네. 그런 곳에서 나는 하루 열두 시간을 일하고 공휴일이 아닌 평일 이틀의 휴일을 보장받으며 숙식을 해결했지.

나보다 먼저 그곳에 머물렀던 전임자가 있었다네. 그는 내게 지난 기억을 잊어야 한다고 조언했다네. 명목상 인수인계였으나 업무와 관련된 말은 별로 없었지. 대신 자신의 이야기를 더 많이 들려주었다네. 부모에게서 물려받은 것이 많은 사람이었다네. 이래저래 손을 댄 사업도 많았는데 식당을 운영하던 시절에는 유명한 생활 정보 프로그램에 소개된 적도 있었다고 했다네. "가만있어보자, 그게 셀프 빨래방 다음이던가, 출장 세차 다음이던가……" 골똘하게 생각에 잠기기도 했었지. 전임자의 주변에는 사람이 많았고, 그들과 함께 다닌 맛집과 등산 코스를 줄줄 꿰고 있었다네. 그걸 모두 내게 알려주었다네. 하나뿐인 의자에 혼자 앉은 채 나는 그의 이야기를 들었다네. 어떻게 앉아도 바닥이 불편한 의자였지. 무엇보다 뻔하고 지루한 이야기들이었다네. 결국 계절마다 함께 식도락을 즐기던 사람들에게 사기를 당했고, 그것도 여러 번 당했는데, 그때마다 매번 어떤 확신 같은 것이 있었다고 했다네. 그러니까 그런 기억을 모두 잊어야 한다고 전임자는 말했다네. 그래야 내가 편하다고 했지. 그러고는 또 한참을 지나간 자신의 과거사 이야기를 이어갔다네. 그게 내 눈에는 꼭 잊어버려야 할 목록을 외우고 다니는 사람 같았지.

주차장을 관리하는 일은 별로 어려울 게 없었다네. 어렵지 않았으므로 보수도 별로 기대할 게 없었지. 대신 불편한 것은 많았다네. 무엇보다 화장실이나 수도 시설이 따로 없어서 근처의 상가 건물을 이용해야 했다네. 손님들이 많은 시간을 피해 주로 이른 아침이나 늦은 저녁 시간대를 틈탔는데, 한번은 누군가 나를 보고는 화들짝 놀란 적도 있었다네. 궁금했다네. 지금 내가 그에게는 어떻게 보이는 걸까. 나를 어떻게 기억하게 될까. 당혹스러웠겠지. 아니라면 나처럼 민망해서 그랬을지도 모른다네. 그래서 세면대에서 쌀을 씻는 나를 보고도 아무것도 보이지 않는 척 무심하게 행동했겠지.

그 남자와는 이후로도 마주칠 일이 많았다네. 그 상가 일층에서 아내와 함께 안경점을 운영하고 있었는데 초등학교에 갓 입학한 아들이 하나 있었고 유리 너머로 그애가 공책을 펼쳐놓은 채 무언가를 열심히 따라 적는 모습을 나도 자주 보았지. 세 가족 모두 안경을 쓰고 있어서 그게 어쩐지 더욱 화목한 분위기를 풍겼다네. 그리고 그때마다 나는 그들 가족이 함께 산책을 하거나 외식을 하는 장면을 상상했다네. 멀지 않은 곳으로 소풍을 가고, 온전히 아이를 위해서 재미없고 유치한 어린이 프로그램을 함께 시청하는 모습을 나는 떠올렸다네. 무엇보다 그런 순간이면 나는 옛날 생각에 빠져들곤 했지. 그리웠다네. 한때는 무심하고 익숙했던 일상들이 어쩐지 이제는 다시 없을 것만 같았거든.

한동안 나는 전임자를 생각하는 일이 많았다네. 일부러 그런 것은 아니고 무언가 잊고 싶은 일들이 떠오르면 그의 말이 생각났지. 이상했다네. 그러니까 그런 걸 어떻게 할 수 있는 것일까. 잊고 싶은 기억을 어떻게 잊을 수 있단 말일까. 잊으려고 마음먹은 순간 더욱 선명해지는 그것을 어떻게 잊을 수 있을까. 컨테이너에는 전임자의 흔적들이 적지 않게 남아 있었다네. 무엇보다 이곳을 떠나서 그는 어디로 갈 수 있었을까.

생각해보면 말이네, 망각이란 단순히 기억을 잃는 일이 아닐 수도 있다네. 치매라는 게 왜 노인성 질환을 대표하겠나. 기억할 게 많은 사람일수록 망각하는 것도 많다는 뜻이 아니겠나. 어쩌면 기억을 잃는 것은 다른 것을 더 많이 기억하기 때문일지도 모른다네. 더구나 무언가를 뚜렷하게 기억하기 위해서는 반드시 다른 무언가를 잊어야 하는 법이지. 가령 그대가 떠올릴 수 있는 최초의 기억은 무엇인가? 그대를 애틋하게 내려다보는 어머니의 미소일 수도 있고, 그대의 머리 위로 닿는 낯선 누군가의 손길, 혹은 처음 따귀를 맞았던 경험일 수도 있겠지. 다만, 그것을 처음으로 기억하기 위해서 그대는 수없이 많은 처음을 먼저 잊어야 했을 것이네. 그러니까 그대가 잃어버린 유일한 기억은 그대가 망각하고 있는 것을 망각했다는 사실 자체뿐이지.

5

한번은 안경점의 남자가 주차장으로 나를 찾아온 적이 있었다네. 솜씨가 엉망인 부침개를 접시에 담아 왔지. 아이와 함께 만들었다고 했고, 혹시라도 무언가 필요한 게 있다면 편히 부탁하라는 말도 했다네. 상대방을 배려하면서도 그걸 또 조심스럽게 표현할 줄 아는 사람이었다네. 그러고는 며칠 뒤에는 이유 없이 양말을 선물하기도 했고, 어떤 날에는 가게로 불러 함께 중화요리를 배달시켜 먹기도 했다네.

오랜만이었지. 누군가와 마주앉아 음식을 나눠 먹으면서, 내 이야기를 자꾸 하게 되었다네. 대부분은 잊어야 할 것들, 생각나면 나를 괴롭게만 하는 것들, 버릴 수 있다면 당장에라도 아깝지 않게 버릴 것 같은 나의 과거와 관련된 것들이었네. 그런 말을 하면 할수록 어쩐지 마음이 편안해졌지. 안경을 쓴 그들 가족의 눈은 하나같이 선량했다네. 그런 눈으로 나를 바라보며, 어떤 말에는 고개를 끄덕이기도 하면서, 함께 안타까워해주었다네.

그러는 동안 내가 몰랐던 그들의 사정도 더 알게 되었다네. 전에는 학교나 기관, 단체 등에 급식을 납품하는 업체를 운영하다가 재작년부터 업종을 바꿔 새로 시작한 안경점이라고 했다네. 상대적으로 수입은 줄었으나 가족과 함께 보내는 시간이 많아져 만족한다고도 했지. 언젠가 나는 숙제를 돕던 아이의 엄마에게 자세 교정에 좋은 동작을 몇 가지 알려준 적이 있었다네. 따라 하기에 그리 어렵지 않고, 시간이 날 때마다 틈틈이 반복하면 분명 효과가 있을 거라고 했지. 무엇보다 그렇게 구부정한 자세로 키우면 아이가 커서 고생일 거라고 조언했다네. 평소에도 허리를 반듯하게 세우는 습관을 어릴 때부터 들이는 게 좋을 거라고도 했는데, 어쩐지 괜한 소리를 한 것 같아 후회했지. 눈에 띄게 불편한 기색을 보인 것은 아니었지만 이전과 다르게 표정이 굳어지는 것을 보왔거든.

그날 저녁, 안경점의 남자는 가까운 호프집으로 나를 불렀다네. 예의가 바른 사람이었지. 먹태가 맛있는 집이라며 생맥주와 같이 시켜 내게 권했는데 왠지 그 자리가 내게는 몹시 불편했다네. 무슨 말을 듣게 될지 예상할 수 있었거든. 그런 말을 하지 말라고, 대놓고 말하지는 않을 테지만 내게는 그럴 자격이 없으니 다시는 그런 식의 조언 같은 건 하지 말라는 소리를 애써 돌려 말할 거라고 나는 생각했다네.

"우리 애한테 장애가 좀 있어요."

그러나 예상과 달리 나는 전혀 뜻밖의 말을 들어야 했다네. 선천적으로 망막이 약하게 태어났고, 남들에 비해 시야가 좁다고 했지. 특히 야맹증이 심했는데 일상생활에 큰 어려움은 없지만, 나이가 들수록 실명하는 사례가 적지 않다고 했다네. 그러고는 병명을 처음으로 진단받던 날, 남자는 자신의 아이가 앞으로 어떤 세상에서 살게 될 것인지 새삼 깨닫게 되었다고 했다네.

몇 가지 검사가 더 남아 있었고, 원무과에 수납 처리를 기다리는 동안, 이것저것 생각이 많아졌다고 했지. 남자는 아이의 거의 모든 처음들을 기억하고 있었다네. 처음 세상에 태어난 날과 처음 스스로 몸을 뒤집던 날, 옹알이를 시작하고 한 번에 두 걸음을 이어서 걷던 순간들.

병원 대기석에 앉아 바라보는 거의 모든 것들이 자신의 아이를 떠올리게 했다더라네. 로비 출입구 쪽에서 휠체어를 탄 누군가가 좀처럼 경사를 오르지 못하는 것을 보았을 땐 그게 아이의 머지않은 미래 같았겠지. 한눈에도 뇌성마비를 가진 사람이었고, 그런 사소한 문제조차 그에게는 버거워 보였다네. 남자는 자리에서 일어나 그를 도와주었다네. 다만 원하는 대로 움직이지 않았지. 통로가 좁았고, 자꾸 어딘가에 부딪혔으며, 무엇보다 휠체어의 주인이 원하지 않았다네.

"밀지 말아요."

어눌하고 뭉개진 발음이었으나 어딘가 화가 난 것도 같은 목소리였다네. 거절당한 남자는 민망한 마음에 가만히 지켜만 보았을 뿐이라네. 대신 또다른 누군가가 다시 휠체어를 밀어주기 시작한 것은 아주 잠시 뒤의 일이었지.

"밀지 말라니까요. 왜 밀어요. 왜 자꾸 뒤에서 미냐고요."

남자는 여전히 그 말이 잊히지 않는다고 했다네. 왜 자꾸 밀게 되는 것일까. 그리고 그것으로 자신의 아이가 맞게 될 미래를 대강 짐작할 수 있었다네. 자기주장을 하기 시작할 무렵 원하는 것을 얻지 못하면 아이는 화를 참지 못할 때가 많았다네. 기어코 손에 쥔 물건을 집어던졌을 땐, 남자가 처음으로 아이에게 큰소리를 내기도 했지. 이후로는 던지는 대신 일부러 물건을 넘어뜨리고 모른 척할 줄도 알았다네. 영악했지. 그러나 앞으로는 그런 이유로 야단을 치는 일은 없을 거라고 남자는 생각했다네. 여느 아이들이 저지르는 사소한 실수나 작은 엄살에도 그들 부부는 금세 심각해질 테니까. 무엇보다 노력하지 않아도 배려 받고, 원하지 않는데 도움을 받으면서, 관대하게 차별받으며 결국엔 밀려나겠지.

6

화재 현장에서 구조되던 그날, 나는 서둘러 가까운 병원으로 이송되었다네. 불길에 직접 노출된 부위는 많지 않았으나 유독가스 흡입으로 인한 중독 증세와 호흡 장애가 심했고, 장시간의 수술을 필요로 했다네. 생사의 고비를 넘나들 만큼 긴급한 순간도 있었지. 쇼크로 인한 심장마비 상태가 일 분여간 지속됐다네. 물론, 나로서는 전혀 알지 못하는 상황들이지. 다행히 응급조치 끝에 맥박이 돌아왔고, 수술 후 경과도 나쁘지 않았다네. 차츰 상태가 호전되어 중환자실에서 회복실을 거쳐 일반 병실로 옮겨진 후에야 나는 그간에 있었던 일들을 전해들을 수 있었다네. 수술을 담당한 의사는 영구적인 폐기능 손상이 예상되고, 만성적인 기침과 가래 등의 후유증이 남을지도 모른다는 말도 남겼지. 이상했다네. 뭐랄까, 이전과는 다른 기분이었지. 어쩐지 그런 것들이 다 나쁜 일인 것만은 아니라고 생각했다네.

무언가를 오래 바라보고 있으면 보이지 않던 것을 볼 수 있다네. 알지 못했던 것을 알게 되고, 결국에는 몰입하게 된다네. 병실에 누워 있는 동안 나는 줄곧 내가 본 것이 무엇이었는지를 생각했다네. 내게는 이미 익숙한 것이었으나 이전에 알던 것과는 분명다른 것이었지.

고작 일 초가 흐르는 동안 일천육백만 리터의 물이 지구상에서 증발하는 것을 그대는 알고 있는가. 동시에 사천 개의 별이 탄생하고 삼십 개의 별이 사라지는 시간이라네. 그러니 누군가에게는 일 분의 시간이 영원과 같지 않겠나. 내게는 그랬다네. 일 분이 흐르는 사이 나는 죽음을 경험했고, 아무도 기억하지 못한 것을 기억했으니까. 무엇보다 그 영겁의 시간 동안 내가 목격한 것은 다름 아닌 바로 나였다네. 두렵지는 않았다네. 오히려 한 번도 경험해본 적이 없는 분명하고 구체적인 빛으로 둘러싸인 채 편안했지. 수술대 위에는 나라고 할 수밖에 없는 얼굴을 하고 의식을 잃은 존재가 누워 있었다네. 다른 감정이 생긴 것은 아니었다네. 그것은 마치 텔레비전 드라마를 보고 있는 듯한 느낌이었지. 다만 궁금했을 뿐이라네. 그렇다면 이것을 지켜보고 있는 나는 누구인 것일까.

이후로 나뭇가지를 들여다보거나 떨어진 낙엽의 잎맥을 바라볼 때도 그런 기분은 여전했다네. 어째서 이것은 꼭 한 그루의 나무처럼 생긴 것일까. 거울에 비친 내 눈을 들여다보다가도 마치 우주를 바라보는 것처럼 아득해졌다네. 그때마다 나는 되묻게 되었지. 그러므로 나는 누구인가. 어째서 나는 나 자체로 설명되지 않는가. 나의 전체는 무엇인가. 어렴풋하게나마 알 것 같았지. 어딘가에 실재할 나의 형상을 그대로 닮은 완전한 나라는 존재를.

아마도 쉽게 믿지 못할 거야. 과학적으로 설명 가능한 수준의 이상 현상일 뿐이라고 생각할 테지. 뇌로 공급되는 산소 부족으로 겪게 된 일시적인 착시이거나, 과다한 엔도르핀과 호르몬 분비로 인한 환각 상태였던 거라고 의심하는 거 아닌가. 그럴 수도 있겠지. 그러나 여전히 내 기억에는 변함이 없다네. 무엇보다 나를 괴롭게 만들던 과거들을 모조리 잊을 수 있었다네. 정확히는 신앙심이 생겼고 나쁜 감정을 잊은 거겠지.

아내와도 이런 이야기를 나눈 적이 있었다네. 어쩌면 우리에게 닥친 불행이 실은 우리를 진짜 불행하게 만드는 게 아닐지도 모른다고 내가 말했다네. 그 끝에 뭐가 있는지 알지 못하니까. 우리는 우리의 전체를 결코 알 수 없으니까.

"무슨 말이 하고 싶은 건데?"

다만, 아내는 나와는 달리 믿음이 없었지. 기억해야 한다네. 무엇이든 잘 믿지 못하는 사람은 다른 무언가를 맹신하는 사람일지도 모른다네. 아내는 확신에 찬 태도로 나를 몰아붙였다네.

"그래서 그 일이 당신 잘못이 아니라는 거야? 그럼 그게 다 누구 때문인데? 내 책임이라는 거야 지금?"

일반 병실로 옮겨진 다음부터는 화재 조사를 이유로 경찰들이 수시로 드나들었다네. 본격적인 조사가 시작된 뒤 확인된 것들은 이미 잘 알려진 사실들뿐이었지. 부주의한 난방 기구 관리에 따른 전기 화재. 문제는 그것이 인명 사고로 이어졌고 수술과 입원 등에 적지 않은 비용이 들었다는 것이네. 그걸 감당할 능력이 우리 가족에게는 전혀 없었지.

다행히도 도움을 준 사람들이 있었다네. 고마운 사람들이었지. 안경점의 부부는 내가 진심으로 깨어나기를 바랐다네. 개인적으로 비용을 대고, 혹시라도 내가 잘못될까 걱정했다네. 수술실 앞에서 두 손을 모으고 기도하던 그들의 모습을 본 이라면 그 간절함을 결코 모를 수 없었으리라는 말도 들었지. 그들은 내가 중환자실에서 회복실로 옮긴 뒤에도 당장 내 상태를 확인하고 싶어했다네. 그러나 법적인 가족이 아닌 탓에 출입을 제지당했지. 그들이 내 가족이 아니라면 누가 가족이란 말인가.

일반인 면회가 가능할 때까지 그들은 초조하게 기다려야 했다네. 혹시라도 갑자기 상황이 나빠지지 않을까 염려했고, 상태가 호전되었다는 소식에도 쉽게 마음을 놓지 못했지. 그런 끝에 병상에 누운 나를 보자마자 무섭게 달려들던 그들의 표정을 나는 잊을 수 없다네.

"우리 애는요? 우리 애는 어디 있어요?"

그것은 질문이었을까. 확신이었을까.

"우리 애를 진짜 어떻게 한 거예요?"

왜 내게 그런 걸 묻는 것일까. 내게는 아무런 기억이 없었다네. 무엇보다 증거가 없었지.

어째서 그대는 나를 그런 눈으로 바라보는 것인가. 무엇이 그대의 태도를 달라지게 만든 것인가. 본래는 벌써 다 안다는 듯이 지루하고 따분한 표정으로 나를 보지 않았나. 이제는 무언가 다른 것이 보이기 시작했다는 것인가.

어디에서도 아이를 찾을 수 없었다고 했다네. 보여야 할 것이 보이지 않자 그들 부부도 다른 것을 볼 수밖에 없었겠지. 무엇보다 우리가 함께 밥을 먹고 다정하게 대화를 나누던 장면들을 기억하기보다는 수사 과정에서 나온 자료들을 더 신뢰했다네. 내가 매달 지급하고 있던 은행 이자와 연체 내역을 확인했고, 최근에는 채권 추심단의 독촉에 시달렸다는 사연에 이르러서는 어떤 확신마저 들었을 테지.

근데 그게 왜?

혹시 안경점 남자의 자산 규모를 알고 있었느냐고?

어떻게 그걸 모를 수 있겠나. 보기에도 번듯한 차림에 본인 명의의 건물을 소유한 사람이었는데. 주차장에는 따로 화장실이 없어서 근처의 상가 건물을 이용해야 했다네. 그걸 그 사람이 허락했지. 어디 화장실뿐이겠는가. 오층 높이 건물을 소유하고 세를 받았다네. 그런데 그걸 알고 있다는 것이 어떻게 아이의 실종과 관련된다는 건가. 왜 내가 말하지 않는 것을 함부로 상상하고 짐작하는 것인가. 뭐라? 정황이 그렇지 않으냐고?

지금 그대의 기분은 어떠한가. 이상한가. 무언가 들어서는 안 되는 말을 들은 것 같은가. 불편하다는 듯이 그렇게 심각한 표정을 짓지 말게나. 어차피 그대는 곧 나를 잊게 될 테니까. 말하지 않았나. 나라는 존재가 얼마나 팔꿈치와 같은지. 나를 잊었다는 사실조차 금세 잊어버릴 거라네.

기억해보게. 그대가 망각한 것은 진짜 무엇인가. 나조차도 나를 제대로 설명할 수 없는데 처음 보는 그대가 어떻게 나를 알고 있다고 말할 수 있는가. 어째서 나의 부분만으로 나의 전부를 상상하는가. 그러나 그보다 더 불경한 비밀을 하나 알려줄까. 그대가 진짜 망각해야 되는 것. 의식하면 눈꺼풀처럼 그대를 불편하게 만드는 것.

신이란 애당초 존재하지도 않았다네.

그런 것이 다 무엇이란 말인가. 기껏 그대의 새끼발가락만큼이나 미약한 존재감으로, 고난과 시련의 원인을 찾을 때에나 분명하게 느껴지던 존재 아니었나. 고통을 당할 때 고통의 근원이 되어줄 핑계밖에 더 되는가. 있는 줄도 모르고 사는 편이 차라리 더 안락하고 평온할 거라는 말이네.

그렇지, 잊어야 한다네. 그분의 존재를, 우리가 그분의 부분이라는 사실 자체를 망각해야 한다네. 말하자면 나의 모든 것이란 겨우 그분의 이야기일 뿐이니까. 내 이야기의 창조자. 우리는 그분의 존재를 의식해서는 안 된다는 말이라네. 그분을 불편하게 만들지 말게나.

대신 나는 그대가 나의 이야기를 계속해주기를 바란다네. 나의 억울한 사연이 이대로 끝나지 않기 위해서라도 나는 그대의 기억이 필요하다네. 나에 대해 말해보게나. 이제 그대가 말할 차례라네. 나를 이야기할 그대는 누구인가. 무엇이 그대를 불편하게 만드는가. 그런데 그대는 왜 아무 말이 없는 것인가. 그대의 팔꿈치를 이쪽으로 한번 내밀어보게나.

1

미리 생각해둔 것이 따로 있었다기보다는 단순히 두껍고 지루한 책이면 좋을 것 같았다. 읽거나 베거나 아무튼 숙면에 도움이 좀 될 만한 것을 기대했는데, 금세 적당한 것이 눈에 띄었다. 평일 오후, 광화문 교보문고에서였다. 주말에 비할 정도는 아니었으나 여전히 북적거리는 신간 도서 쪽은 쳐다보지도 않고, 비교적 한산한 서가부터 살피다가 발견한 두툼한 교양 과학 도서였다. 제목부터 심상치가 않았다. 무엇보다 아무도 집어들 것 같지 않은 따분한 표지가 마음에 들었는데 어찌나 효과가 좋았던지 첫 페이지를 채 읽기도 전에 깜빡 잠이 들어버렸다. 문제는 도대체 그뒤로 얼마나 오래 그러고 있었던 건지 전혀 가늠이 되지 않는다는 점이었다. 시간을 확인하기 위해 나는 호주머니를 뒤져 휴대전화부터 살폈다. 그러나 좀처럼 찾기가 어려웠는데 어디에 떨어뜨린 게 아닌가 싶어 주변을 더듬어보기도 하고, 바닥을 살피기도 했으나 결과는 마찬가지였다. 어쩌면 메고 온 가방 안에 넣어두었을 수도 있었다. 평소라면 그러지 않았겠지만 이번엔 혹시 그랬던 게 아닐까. 그런 생각으로 나는 이번에는 휴대전화보다 조금 더 부피가 있는 가방을 찾아보았다.

그러니까 도대체 그건 또 어디에 둔 거지?

어쩌면 잠든 사이 누군가 들고 가버린 것일 수도 있었다. 가방을 가져가는 김에 휴대전화도 훔쳐서 유유히 서점 밖으로 빠져나간 게 아닐까. 아니라면 실은 아주 가까운 곳에 그것들 모두가 널브러져 있는데, 혼자 엉뚱한 자리에서 헤매고 있는 중일지도 몰랐다. 다만 그런 것조차 제대로 확인할 수 없을 만큼 주변은 몹시 캄캄했다. 더구나 인기척이라고는 전혀 없었는데, 그러니까 누가 본다면 아주 우스워할 자세로 나는 지금 바닥을 더듬거리는 중이었고, 그보다 더 웃기는 것은 아무도 없는 대형 서점에 홀로 갇혀버린 상황이라는 것이었다.

"저기요."

어둡고 적막한 서점 안을 유일하게 울리는 내 목소리는 무척이나 낯설었다. 딱히 대답을 기대한 것은 아니었으나 이번에는 더 크고 절박하게 고함을 질렀다.

"여기 사람 있어요. 진짜 아무도 없는 거예요?"

이런 경우를 대비해서 무언가 조치를 해둔 게 있지 않을까. 일종의 도난 방지 시스템 같은 것. 건들면 아주 민감하게 작동해서 경찰이든 보안업체 직원이든 이곳으로 들이닥쳐주기를 바랐다. 아니라면 당장 실내를 밝힐 수 있을 만한 조명 스위치 같은 것이라도 좋았다. 암담한 심정으로 나는 손닿는 곳 아무데나 더듬고 만져댔다. 그러나 잡히는 것이라곤 온통 서가의 책들뿐이었는데 그것 때문에 마음대로 몸을 움직이기도 어려웠다. 정말이지 아무것도 보이지 않는 어둠이었다. 그런 곳에서 나는 출입구라고 생각되는 쪽으로 겨우 몇 걸음을 옮길 수 있었다. 그러나 그쪽이 진짜 내가 원하는 방향이 맞는지는 확신할 수 없었는데, 평소에는 막혀 있거나 통제된 곳으로 향하는 거면 어떡하나, 문이라고 생각해서 열었는데 실은 직원들만 알고 있는 통로라거나 더 깊은 지하로 연결되는 길이면 어쩌나, 불안한 상상을 멈추기 어려웠다. 나는 자꾸 어딘가에 부딪혔고, 그때마다 무언가가 떨어져서 떨어진 것에 다시 부딪히기를 반복했다. 나중에는 매장 안에 잠든 고객이 있는지 제대로 확인하지 않는 서점 직원들에게 화가 치밀어올랐다. 책임 의식이라고는 전혀 없이 서둘러 퇴근 시간만 지키려는 몰지각한 사람들이라고 허공에 대고 마구 욕을 하기 시작했다. 무엇보다 그렇게라도 하지 않으면 도무지 이 외롭고 무서운 기분을 감당하기 어려웠기 때문이었다.

　사람이 이렇게 된 데에는 나름 이유가 있었다. 요즘 들어 나는
심한 불면증을 앓는 중이었다. 정확히는 필요할 때 필요한 곳에서
잠들지 못해서 고생했는데, 대신 원하지 않은 곳에서 예상치 못한
순간에 불쑥 잠들어버렸다.
　처음에는 뭐, 환경이 바뀐 탓에 예민해진 줄로만 알았다. 얼마
전에 이사한 신축 공공 임대 아파트는 혼자 살기에 전혀 부족함
이 없는데다 관리비도 몹시 저렴한 편이었다. 무엇보다 겨울에 춥
지 않은 욕실을 갖는 것은 오랜 자취 생활을 하며 품어온 나의 소
박한 꿈 중 하나였다. 이전에 살던 다세대 연립주택들은 하나같이
외벽이 붉은 벽돌이어서 겨울에는 늘 코가 시렸다. 때문에 이불을
머리 위까지 잔뜩 올려 덮고 자야 했는데 그런 날에는 또 어김없
이 발이 시려 깨버리고는 했다. 그러니까 세상에서 가장 이상적인
주거 형태를 꼽는다면 단연 아파트만한 게 없다고 나는 생각해왔
다. 교외의 아늑한 전원생활을 꿈꾸는 사람들은 죄다 아파트에 사
는 사람들뿐이고, 그런 탓에 진짜는 그게 얼마나 불편하고 감내해
야 할 것투성인지 전혀 모르기 때문이며, 겨울철 동파 걱정 없이
한겨울을 날 수 있는 지역난방의 고마움을 미처 깨달을 기회가 없
었기 때문이었다. 그랬으므로 지금의 임대 아파트에 처음 입주하
던 날의 감동을 나는 좀처럼 잊을 수가 없었다. 넓은 신발장은 아

무리 채워도 모자라지 않을 것 같았고, 입주자를 위한 다양한 복지 프로그램은 만족스러웠다. 오로지 나만을 위한 독립된 공간이었으므로 샤워를 한 뒤에 발가벗은 몸 그대로 안방과 거실을 마음대로 돌아다닐 수도 있었다. 더구나 무얼 읽거나 쓰면서 재택근무를 하기에 더없이 좋은 환경이었는데, 다만 그럼에도 이사를 한 뒤로 좀처럼 숙면을 취할 수가 없었다. 안방의 천장을 바라보고 가만 누워 있으면 정신이 자꾸 맑아지는 것이었다.

한번은 빨래를 개다가 이상한 기분이 들었다. 낡은 수건이었는데 거기에 적힌 '충남 보령시청 제일산악회'라는 문구가 낯설었다. 어디서 이런 걸 받아온 건지 전혀 기억이 나지 않았다. 더구나 언제부턴가는 자꾸 빨랫감들이 사라지는 것 같아서 신경이 쓰였는데 혹시 세탁기에 남아 있는 게 아닌가 싶어 확인해봐도 찾을 수 없었다. 내친김에 다용도실 주변을 구석구석 살폈으나 역시나 마찬가지였는데 반면에 아무리 찾아도 보이지 않던 텔레비전 리모컨은 소파 위에 얌전히 놓여 있었던 적도 있었다. 그것도 모르고 욕실과 주방은 물론 찬장과 냉장고 안까지 뒤지며 소란을 피웠는데 어째서 아까는 보이지 않던 것이 지금 여기에 있는 것인가, 의아했다. 물론 그것은 온전히 나의 부주의 때문에 생긴 사소한 해프닝일 수도 있었다. 그럼에도 그때마다 나는 이 집 안에 나 아닌 다른 누군가가 있을지도 모른다는 기분이 들었다. 오로지 나 혼자만의 공간이 침해받고 있는 것 같아 불안했는데 머리를 감거나 책상에 가만 앉아 있을 때 더욱 그랬다. 등뒤에서 무언가가 나를 쳐다보고 있는 것 같아서 순식간에 등골이 오싹해졌다. 그러나 막상 돌아보면 눈에 띄는 것은 딱히 없었는데 그게 신경을 더 곤두서게 만들었다. 그러니까 진짜로 뭐가 있으면 어떡하나. 눈에 보이지 않고 소리도 없는 무언가가 지금 나를 노려보고 있는 거면 어쩌지.

또 언젠가는 전에 없던 얼룩을 본 적도 있었다. 잠이 오지 않는 밤에 한쪽 벽을 가만히 바라보다가 발견한 것이었는데 특별히 눈에 띄게 선명한 것은 아니었다. 그럼에도 신경이 쓰여서 서둘러 조명을 켜고 같은 자리를 여러 번 확인했으나 평소와 다를 것 없는 빈 벽일 뿐이었다. 하지만 다시 불을 끄고 벽을 바라보면 분명 그 자리에 불투명하고 희끄무레한 무언가가 있었다. 움직임 없이 그 자리 그대로 맺혀 있었는데, 그러니까 고작 어딘가에 반사된 듯한 그 작은 불빛 때문에 나는 그 밤 또다시 잠들지 못했다. 안방이라고 해봤자 한눈에 바라볼 수 있을 정도의 아담한 크기였다. 무엇보다 꼼꼼히 암막을 점검하고 방문도 잘 닫아두었음에도 도대체 어디서 그런 빛이 들어오는 것인지 출처를 확인할 수 없었다. 그게 사람을 몹시 불안하게 만들었다. 그러니까 희미하고 무해한 저것이 지금 나를 쳐다보고 있는 것은 아닐까. 진짜 그런 종류의 것이면 어떡하나, 불안했다.

저렴한 건축자재나 벽지에서 나오는 유해물질 때문일 수도 있었다. 신축 건물의 경우 자주 환기를 시키지 않으면 오염된 공기로 인해 현기증과 피로감을 느끼거나 집중력 저하로 고생을 많이 한다고 어디서 읽은 기억이 있는데, 그러니까 단순히 신축 공공임대 아파트의 구조적인 문제일 수도 있었다. 말을 안 해서 그렇지 나와 비슷한 불편을 겪으며, 주택공사에 불만을 품은 입주자들이 어딘가 더 있을 텐데, 그럼에도 비슷한 수준의 주거 공간과 비교하고 이것저것 비용을 따져볼 때 제법 괜찮은 조건이었으므로 이 정도의 불편은 마냥 참고 견뎌야 하는 거라고 암묵적으로 합의된 일일지도 몰랐다. 그것도 아니라면 애당초 전혀 다른 문제일 수도 있었다. 단순히 타이밍이 기가 막히게 들어맞았을 뿐, 원인은 전혀 다른 데 있는데 그것도 모르고 괜히 바뀐 환경만을 탓했던 게 아닐까.

전문적인 치료를 받을 생각으로 상담을 받은 적이 있었다. 거기 의사 선생님도 비슷한 말을 했었는데 그간의 나의 증세를 가만 듣다가 무슨 일을 하느냐고 내게 물었다.

"아, 그래서 그러시구나."

그러니까 고작 소설을 쓴다고 했을 뿐인데도 마치 나의 사정을 훤히 알고 있다는 듯이 이상하게 긍정해버렸던 것이다. 이런 케이스는 아주 흔하다는 듯이 "그래요, 뭔가를 쓴다는 건 굉장히 예민해지는 일이죠" 하고 나를 이해해주었다. 한편으로는 왠지 무시를 당한 기분도 들었다. 그러고는 불면증에 좋은 몇 가지 조언들을 받았는데, 종합하자면 술을 줄이고 담배를 끊으라는 것이었다.

생각해보면 어느 날 갑자기 밤에 잠이 오지 않은 것은 아니었다. 세상의 많은 소설가들처럼 나도 밤늦게 창작에 매진하고 낮에 늦잠을 자는 생활을 즐겨 했는데, 물론 아침형 인간이 건강에 좋더라는 것은 익히 들어서 잘 알고 있었다. 다만 몸에 좋은 일들이 대부분 그렇듯 명료하지만 실천하기가 어려웠고, 대신 규칙적으로 새벽에 자고 한낮에 일어나며 몸에 나쁜 일을 많이 했을 뿐이었다. 더구나 근래 들어 소설이 잘 써지지 않았는데, 무엇보다 그게 내 건강을 해치는 가장 큰 원인이었다.

이후로 나는 불면증에 좋다는 반신욕을 해보기도 하고, 취침 전에 꾸준히 우유를 데워 마시기도 하고, 일과중에는 커피 대신 대추차를 수시로 마셔보기도 했다. 그럼에도 간신히 잠들었다가 요의를 느껴 깨는 일이 더 많았는데 그런 다음에는 어김없이 다시 잠들기 어려웠다. 그러나 그런 노력들이 전혀 효과가 없었던 것은 아니었다. 집만 아니라면 나는 아무 곳에서나 곧잘 잠들어버렸던 것이다. 버스나 택시는 물론, 편의점 야외 테이블이나 카페 같은 곳에서 잠들기 일쑤였는데 얼마 전에는 음식을 주문하고 기다리는 그새를 못 참고 깜빡 잠들어버린 적도 있었다. 주변이 웅성거리는 소리에 퍼뜩 정신을 차렸다. 옆 테이블에 앉아 사진을 찍어대던 중학생 둘이 나와 눈이 마주치자 화들짝 놀라기도 했다. 그러나 아무렇지 않은 척 나는 이미 식어버린 순두부찌개를 숟가락으로 묵묵히 떠먹었다. 민망한 마음에 서둘러 주문한 음식을 해치우고 나갈 생각이었으나 식당 주인의 거친 행주질까지 모른 척할 수는 없었다. 무엇보다 혼잣말처럼 중얼거리며 "남들 밥 먹는데 왜 코를 골고 그런대?" 하는 목소리가 전혀 조심스럽지 않아서 도무지 듣지 않을 수가 없었다.

집에서 잠들지 못하기 때문에 종일 졸음에 시달리는 것인지, 바깥에서 내내 졸았던 탓에 정작 집안에서 숙면하지 못하는 것인지 나중에는 그 인과관계가 명확하지 않게 되어버렸으나, 이상하게 집이 아닌 곳에서 나는 자꾸 잠이 들었다. 오늘만 해도 벌써 두 번째였다. 먼저는 신도림역에서 2호선 내선 순환을 타고 시청역으로 가는 도중에 깜빡 잠이 들어버렸다. 혹시 이미 너무 멀리 와버린 게 아닐까 걱정했으나 다행히 열차는 막 홍대입구역을 통과하는 중이었고, 이대로라면 약속 시간에 늦지 않게 도착할 수 있었다. 다시 잠들었다가는 이번에는 진짜 감당하지 못할 먼 곳으로 가버릴 수 있었다. 그런 염려 때문에 나는 졸음을 쫓는 데 좋다는 지압점을 꾹꾹 눌러보기도 하고, 마른세수도 여러 번 하면서 나름 무진 애를 쓰고 있었다. 그런데도 만나기로 한 사람은 장문의 문자메시지로 내게 화를 냈다. 언제까지 기다리게 할 생각이냐, 늦으면 늦는다고 미리 연락이라도 해야 할 거 아니냐, 도대체 전화는 왜 안 받는 거냐며 나를 비난했다. 당황한 나는 그제야 시간을 확인했는데, 전화를 걸어 사과하기에도 민망할 만큼 오랜 시간이 지나 있었다. 그러니까 아주 잠깐 졸았다고 생각했으나, 순환 노선을 대여섯 바퀴 돌기에도 충분할 만큼 깊이 잠들어버렸던 것이다. 어쩐지 개운하다 싶더라니……

예정대로 시청역에서 내린 다음, 나는 아무도 기다리고 있지 않을 약속 장소로 가는 대신 광화문 교보문고로 향했다. 숙면에 적당한 책을 골라 곧장 집으로 돌아갈 생각이었는데, 그런 걸 좀 읽다보면 불면증에 도움이 되지 않겠나 기대했을 뿐이었다. 그러나 돌이켜보면 이곳만큼 주의를 기울이고 조심해야 할 곳도 없었다. 그랬는데도 무얼 대비하기는커녕 너무 방심해버렸다는 생각에 나는 내가 몹시 원망스러웠다. 무엇보다 아무도 찾지 않는 내 처지가 불쌍하고 황당해서 서럽게 울기 시작했는데 울면서도 낮은 포복 자세를 유지하며 열심히 앞으로 나아가기를 멈추지 않았다. 그리고 그 순간 낯선 무언가가 내 손에 닿았다.

어째서 여기에 이런 것이……라고 나는 생각했다. 서재나 진열대라고 하기에는 닿는 감촉이 너무나 달라서 화들짝 놀랐는데, 나는 고함을 지르며 재빠르게 온몸을 가능한 한 잔뜩 움츠렸다. 그러니까 아마 그것은 가방일지도 몰랐다. 내가 잃어버린 거라고 단정짓기에는 처음 출발한 곳에서 제법 멀리 떨어진 자리였으나, 실은 근처를 줄곧 맴돌고 있었던 게 아닐까. 모양이나 색깔을 확인할 수 없었으므로 어쩌면 또다른 누군가의 분실물일 수 있었다. 그게 아니라면 쓸모를 알 수 없는 자루이거나 누가 떨어뜨린 외투 같은 것일지도 몰랐다. 그것도 아니라면 인형이거나 쿠션이거나 아무튼 제발 다른 것이라고 믿고 싶었다. 아주 잠깐 닿았을 뿐인데도 물컹거리는 감촉만큼은 몹시 생생했기 때문이었다. 사람만은 아니길 바라며 그것을 향해 조심스럽게 물었다.

"누구…… 거기 있어요?"

그러나 돌아오는 대답은 없었다. 순간 무서운 기분이 들었다. 어딘가를 심각하게 다쳤거나 정신을 아주 잃어버린 건 아닐까. 그보다 혹시…… 이미 죽은 거면 어쩌지. 그리고 나는 다시 한번 가방이라기에는 크고 진열대라기에는 부드러운 그것을 신중하게 더듬어보았다. 그것은 틀림없이 사람이었다. 무엇보다 적막 속에서 내 것이 아닌 규칙적인 숨소리가 들렸으므로 나는 거칠게 그를 흔들어 깨웠다.

"이봐요, 괜찮아요? 정신 좀 차려봐요. 왜 여기에 이러고 있어요."

이윽고 조금 몸을 뒤척이더니 정신을 차린 듯한 누군가의 목소리가 들려왔다.

"어떻게 된 겁니까? 여기는 또 어디예요? 왜 아무것도 보이지 않아요? 불 좀 켜주세요."

남자는 지금 자신이 처한 상황을 이해해보려고 애쓰는 것 같았다. 그를 위해 나는 대강의 자초지종을 설명해주었다.

"아무래도 우리가 이곳에 갇혀버린 것 같습니다."

그러고는 서둘러 외부에 연락을 취해야 한다고, 112든 119든 어디든 전화를 좀 넣어보라고 재촉했다. 그러나 여전히 허둥거리며 당혹스러운 기색을 감추지 못하던 남자는 전화기를 어디에 뒀는지 전혀 기억이 나지 않는다며 불안해했다.

"잘 좀 찾아봐요. 호주머니는 다 확인해본 거예요?"

"마지막으로 아내와 통화한 것까지는 기억이 나는데, 그다음에 그걸 어떻게 했는지 전혀 모르겠어요. 그러니까 그러고는 깜빡 잠이 들었던 것 같은데…… 실은 제가 어젯밤에 한숨도 자지 못했거든요."

현대인의 고질적인 수면장애가 우리를 이곳에 가뒀다고 생각하니 암담했다. 대신 이 밤에 아직 잠들지 않은 또다른 누군가가 더 있을 거라는 기대도 생겼는데 그러나 우리를 발견하고 구출해줄 만한 사람은 나타날 기미가 전혀 없어 보였다. 나는 거의 체념한 상태로 어서 날이 밝기만을 기다렸다. 이대로 잠이 들었다가 처음 출근한 누군가에 의해 발견되는 것도 나쁘지 않다고 스스로를 달래보았다. 무엇보다 혼자일 때보다 비교적 덜 외롭고 덜 무서워서 견딜 만했다. 방금까지 내내 숙면을 취해서 그런지 남자는 쉴새없이 무언가를 떠들어댔다. 그것이 어둠에 적응하는 나름의 방법이라는 것을 나도 알고 있었다. 그리고 나는 적막하고 고요한 것보

222

다는 그쪽이 더 다행이라고 생각했다. 더구나 그가 들려주는 이야기들은 같은 불면증 환자로서 내게도 아주 익숙한 사연들이어서 어느 순간 나는 그의 말에 공감하며 더 깊이 빠져들었다.

"그런데 말입니다. 혹시 누군가가 쳐다보는 기분을 느낀 적은 없습니까?"

딱히 대답을 바라고 하는 질문 같지는 않았다. 그럼에도 나는 남자가 전혀 볼 수 없다는 걸 알면서도 고개를 과하게 끄덕이며 내가 그렇다고, 당신과 정말 같다고 격하게 동의했다.

2

그런데 말입니다. 혹시 누군가가 쳐다보는 기분을 느낀 적은 없습니까? 나는 그렇습니다. 주변을 살펴보면 그럴 만한 사람은 아무도 없는데도 요즘 들어 자꾸 그런 의심이 들거든요. 한번은 아내가 그래요. 길에서 무얼 보았다고요. 아파트 단지 입구 쪽 횡단보도를 건너던 중이었는데, 바닥에 양말 하나가 떨어져 있었다고 했습니다. 신발이라면 그럴 수도 있지 않을까 생각했습니다. 아주 흔한 일은 아니겠지만 어떤 이유가 있어서 벗겨지거나 떨어뜨릴 수 있을 만한 물건이잖아요. 그런데도 다시 신거나 챙길 수 없을 만큼 몹시 급한 사정이 있었던 누군가의 것일 수도 있습니다. 평범하지도 일상적이지도 않은, 불행하거나 다급한 아주 예외적인 경우라면 말입니다. 그러나 그날 아내가 본 것은 겨우 양말 한 짝이었습니다. 아내의 말에 따르면 그것은 아주 이상한 일이라고 했습니다. 그러니까 그런 예외적인 경우가 연속으로 두 번 일어나야 가능한 일이라고요. 더구나 목이 길고 검은 신사용 양말이었습니다.

처음부터 양말은 벗겨져 있었고, 그걸 호주머니나 가방에 넣어두었다가 떨어진 것일 수도 있지요. 휴대전화나 지갑을 꺼내려고 했을 뿐인데, 실수로 그것이 함께 딸려나왔을 수 있잖아요. 잃어버린 사람도 굳이 다시 찾으려 하지 않을 만큼 양말이란 매우 사소한 물건이지 않습니까. 아니면 일부러 버린 것일 수도 있어요. 아무렇게나 바닥에 쓰레기를 버리듯 누군가 당장 필요 없는 양말을 버렸을 수도 있잖아요. 그런데도 아내의 말투는 제법 진지하더군요.

"생각해보니까 그게 우리집 물건 같은 거지. 당신 거랑 아주 똑같았다니까."

그러고는 자기가 보았다는 양말의 문양과 형태를 아내는 세밀하게 묘사하기 시작했습니다. 듣기에도 그것은 정말이지 내가 즐겨 신는 양말과 다르지 않았으나 동시에 어느 집에서든 흔하게 볼 수 있는 종류였습니다. 그러니까 아내는 고작 그런 것이 횡단보도 한가운데 떨어져 있었다고 했습니다.

"어떻게 그게 거기까지 가 있었던 걸까?"

쓸데없이 왜 자꾸 그런 소리를 하느냐고 나는 아내를 가볍게 나무랐습니다. 그런데도 좀처럼 아내는 그 이야기를 멈추지 않았습니다. 무엇보다 마치 누군가 일부러 우리집 물건에 손을 대고 있다는 듯이 의심하더군요. 빨래를 개던 중이었고, 그게 아니라면 어째서 자꾸 양말 한 짝만 사라지는 건지 모르겠다고 중얼거렸습니다. 물론 그때는 아내로서도 그냥 가볍게 해본 말이었을지도 모릅니다. 고작 그런 것을 아까워할 만큼 인색한 사람은 아니었거든요.

아내에게 내색하지는 않았으나 그 무렵 내게도 신경 쓰이는 일이 있었습니다. 며칠 전, 납부해야 할 공과금 항목을 살피던 아내가 전에 비해 난방비가 더 많이 나온 것 같다며 의아해했습니다. 그러나 부담을 가질 만큼 큰 액수는 아니었습니다. 그 정도는 특별히 무얼 계획하거나 절약할 것도 없이 금세 잊을 만한 수준이었거든요. 대신, 아내는 내게 이렇게 물었습니다.

"그런데 혹시 다른 우편물은 더 없었어?"

현관문 가까운 곳에 낮은 협탁이 있었습니다. 서랍 없이 간소한 모양이었는데, 주로 외출하고 돌아오면 생기는 자질구레한 것들을 올려두었습니다. 이를테면 영수증이나 동전 같은 것들, 자동차키나 오다가다 받은 명함 따위를요. 그러니까 아내가 공과금 고지서를 발견한 것도 그곳에서였습니다. 어색할 것이라고는 전혀 없이 우리 두 사람에게는 몹시 익숙한 자리였거든요. 그런데도 그때는 어딘가 낯설게 느껴졌습니다. 무엇보다 그것을 거기에 올려둔 것은 내가 아니었습니다.

남은 양말 한 짝을 따로 정리하는 아내에게 나는 그날의 이야기를 해줄 수도 있었습니다. 우편함에 얌전히 있어야 할 그것이 어째서 집안에 들어와 있는 것인지 모를 일이었거든요. 혹시, 당신이 챙기고 잊어버린 것은 아니냐. 지난번에는 통화를 하면서 전화기를 찾은 적도 있지 않느냐. 요즘 정신을 어디에 두고 다니는 거야. 아니야? 당신도 아니라고? 그럼, 도대체 누가 그랬다는 걸까. 그런 다음, 천천히 아내의 말을 주의깊게 되새겨야 했습니다. 무엇보다 이 집에 낯선 누군가가 드나들고 있을 가능성에 대해 대비해야 했거든요. 그러나 나는 그러지 않았습니다. 생각해보면 우리가 잃어버린 것은 고작 양말 한 짝이었습니다. 더구나 고지서라면, 누군가 겨우 그런 것을 내 집에 들여놓은 거라면 문제될 것이 없다고 여겼습니다. 그보다는 우리가 무언가를 오해하고 착각했을 가능성이 더 높아 보였습니다.

생각보다 사태가 심각하다고 느낀 것은 그로부터 얼마 뒤의 일이었습니다. 서재에서 아내의 전화를 받았거든요. 급하게 처리해야 할 일이 있어서 주말 내내 복잡한 서류를 살피느라 정신이 없는데도 아내는 내게 전화를 걸어 옷방 서랍장에서 무언가를 찾아 확인하기를 부탁했습니다. 그 말에 나는 불쑥 짜증이 치밀었습니다. 고작 그런 일로 바쁜 사람을 귀찮게 하는 아내가 도무지 이해되지 않았습니다. 그런데도 무언가 다급한 용무가 있다는 듯이 나를 보채더군요. 그렇게 급한 일이라면 당신이 찾아보면 되지 않느냐, 굳이 바쁜 나를 시키는 이유가 다 무엇이냐, 방문을 세차게 열어젖히며 거실을 향해 나는 불만을 쏟아냈습니다. 그러나 예상과는 달리 아내는 거기에 없었습니다. 안방이나 욕실, 발코니 같은 곳에 숨어 지금 장난을 치는 거라고 생각했으나 그렇다고 하기에는 전화기 건너편 아내의 목소리가 지나치게 신경질적이었습니다.

"내가 뭐 대단한 걸 부탁한 거야?"

그러니까 만약 이 집 어딘가에 아내가 있었다면 그곳이 어디인지 모를 수 없을 만큼 화를 냈습니다. 그런 상황이 나를 몹시 당혹스럽게 만들었습니다. 어째서 나는 아내가 줄곧 집안에 나와 함께 있다고 생각했던 걸까요. 단순히 오해가 있었던 것일 수도 있습니다. 한군데 몹시 집중한 탓에 주의력이 부족했을 수도 있어요. 하지만 그러면 내가 방금까지 들었던 그 소리들은 다 뭐였을까. 분명 닫힌 문 너머로 들리는 것들이 있었습니다. 변기의 물을 내리는 소리, 주방에서 수돗물을 트는 소리, 발바닥을 끌며 걷다가 찬장에서 무엇을 꺼내는 듯 달그락거리는 소리…… 그럼 그건 도대체 누구였을까.

집으로 돌아온 아내는 아직 화가 풀리지 않은 듯 보였습니다. 집안에 들어서자마자 전화로 내게 말했던 옷방의 서랍장부터 열어보고는 무언가를 확인했습니다. 그것은 아내의 말대로 대단할 것 없는 스카프였습니다. 언젠가 여행을 갔다가 기념으로 사온 것이었는데, 한동안 보이지 않아서 잃어버린 줄로만 알고 있던 것이었습니다. 당장 필요가 없고 급할 것도 없었으므로 따로 찾으려 하지 않던 것이었습니다. 아내는 여전히 화가 난 상태로 거실 소파에 우두커니 앉아 한참 그것을 바라보고 있더군요. 나중에는 무얼 읽는 척, 내 쪽으로는 전혀 시선도 주지 않았습니다. 다만 거칠게 페이지를 넘기며 아직 서운한 감정이 하나도 줄지 않았다는 걸 내게 분명하게 보여주고 싶어했습니다.

거기에 대해 내 편에서 함부로 뭐라 변명하기도 어려웠습니다. 자초지종을 설명하고 아내를 이해시키려는 일들이 오히려 불안감만 키울 수도 있었습니다. 그러니까 알고 보면 별것도 아닐 수 있는 일에 아내가 덜컥 겁을 낼 것이 걱정되었기 때문입니다. 어쩌면 위층이나 옆집의 소음을 예민하게 들었던 걸지도 몰랐습니다. 그런 것을 혼자 오해하고 염려했던 게 아닐까. 벽을 타고 넘어온 소음일 뿐이라고 생각하면 나를 불안하게 만들었던 많은 부분들이 설명되었습니다. 겨우 그런 종류의 것이라면 어느 집에서나 겪을 수 있는 아주 일상적이고 평범한 불편이었습니다. 모른 척하고 참을 만한 수준이었거든요.

더구나 사소한 오해에서 시작해서 불필요하게 커지는 싸움을 나는 바라지 않았습니다. 아내의 옆자리 대신 마주보는 자리에 앉아서 오랜만에 보는 그 스카프를 가렸습니다. 그러고는 이걸 어떻게 찾은 거냐, 지금 읽고 있는 건 또 무엇이냐, 물었으나 사실 거기에 대해서라면 하나도 관심이 없었습니다. 다만 그것을 시작으로 우리의 화해를 모색해볼 생각이었습니다. 아무 대답도 하지 않는 아내의 무릎에 손을 얹었습니다. 그러고는 읽고 있던 것이 무엇인지 살피려 했을 뿐인데 돌아오는 반응이 지나치게 예민했습니다. 억지로 뺏을 의도나 강압적인 기색이라고는 전혀 없었습니다. 그런데도 아내는 힘을 주고 버티는 게 아니겠습니까. 마치 그것을 볼 권한이 내게는 전혀 없다는 듯이 굴었습니다. 아내의 굳은 표정에는 변함이 없었습니다. 그러다가 아내는 나를 빤히 바라보며 말했습니다.

"여보, 아무래도 누군가 우리를 지켜보고 있는 것 같아."

아내의 말에 나는 화들짝 놀랐습니다. 혹시 내가 들은 것을 아내도 들었던 것은 아닌지, 혼자 있는 집 안에서 누군가의 기척을 나보다 먼저 느꼈던 것은 아닌지 걱정이 되었습니다. 내가 없는 사이에 무슨 일이 있었던 거냐고, 당신도 무얼 들은 게 있는 거냐고, 나는 서둘러 물었습니다. 그러나 돌아오는 아내의 반응은 전혀 예상치 못한 것이었습니다. 뜻밖에도 오랜만에 찾은 그 스카프를 가리키는 게 아니겠습니까.

"서랍 뒤쪽에 이게 떨어져 있잖아."

아무래도 다른 옷들에 밀린 탓에 그런 거라고 나는 생각했습니다. 그런 이유로 여지껏 찾지 못했던 거라면 하나도 이상하지 않았습니다. 수납장은 늘 부족했거든요. 채워야 할 것들이 많아서 어느 것은 뒤로 넘어가거나 떨어지거나 그럴 수 있다고요. 그런데도 아내의 태도가 심상치 않아 보였습니다. 도무지 그걸 이해하지 못하겠다고 말했습니다.

"어떻게 그럴 수 있지? 당신은 알았어? 이게 거기 있는 줄 알았던 거야?"

나는 서둘러 고개를 가로저었습니다. 그것은 사실이었습니다. 알았다면 그대로 그냥 방치하지 않았을 겁니다. 정말 나는 몰랐거든요. 그러나 내가 가장 모르는 것은 아내가 무슨 말을 하고 싶어하는가였습니다. 아마 아내도 모르기는 마찬가지인 것 같았습니다. 지금 무슨 말을 하고 있는지도 모르면서 이번에는 들고 있던 책을 가리키며 계속 이상한 소리만 해대는 것이었습니다.

"그런데 어떻게 이게 여기에 적혀 있는 거지? 어떻게 우리도 모르는 이 스카프에 대한 이야기가 여기에 쓰여 있어?"

무얼 보고 하는 말인지 나는 궁금했습니다. 단지 그것을 확인하려 했을 뿐인데도 아내는 다급하게 책을 덮고 나를 경계했습니다. 손을 대지 못하도록 나를 멀찌감치 물러서게 했습니다. 마치 내게는 절대 들켜서는 안 되는 이야기가 거기 적혀 있는 것처럼요.

우리 부부로 말할 것 같으면, 대단한 행운을 누려본 적도 없지만 그렇다고 특별히 불행할 것도 없는 보통의 가정이었습니다. 남들처럼 평범하게 늙어갈 것을 기대하고, 작은 사고를 대비하는 것이 고작이었거든요. 그러니까 아내가 읽은 것은 겨우 그런 인물들이 등장하는 소설이었습니다. 그런 사람들에게 생길 법한 불운하고 불행한 일들뿐이라고 했습니다. 아내는 거기에서 우리의 흔적을 발견하기를 멈추지 않았습니다. 내게는 허락하지 않은 그 이야기를 혼자서 열심히 탐독하고는, 누가 읽더라도 그들이 우리인 것을 알아볼 수밖에 없을 만큼 닮았다고 주장했습니다. 심지어 오직 우리 두 사람만 나누었던 대화가 적혀 있다고도 했는데 그러니까 아내가 길에서 보았다던 그 버려진 양말 이야기 말입니다.

"생각해보니까 그게 우리집 물건 같은 거지. 당신 거랑 아주 똑같았다니까."

아내는 그 문장을 여러 번 곱씹어 읽었습니다. 자기가 했던 말을 다른 누군가의 대사처럼 되풀이해서 흉내내는 아내가 몹시 낯설게 보였습니다. 더구나 그런 장면들은 실제와는 미묘하게 조금씩 달라서 우리가 알지 못했던 우리 자신을 발견하게 만들었습니다. 그러니까 그때는 아주 일상적이고 평범했던 일들도 소설 안에서는 불길하고 암담한 결말의 징후처럼 읽혔습니다.

그 밤, 좀처럼 잠들지 못하던 아내가 내게 물었습니다.

"우리는 불행하지 않아, 그렇지? 그렇게 되는 일은 정말 없을 거야. 그렇게 되지 않을 거라고 말해줘."

아무래도 그 소설의 결말을 염두에 두고 하는 말 같았습니다. 그러나 나로서는 전혀 그 결말이 무엇인지 알지 못했습니다. 우리와는 아주 다르고 앞으로도 전혀 없을 것만 같은 암담한 미래라고만 할 뿐 아내는 한사코 내가 그것을 읽지 못하게 말렸습니다. 내가 알아서는 안 되는 그 미래가 나는 궁금했습니다. 그러나 불안해하는 아내를 어떻게든 달래는 게 먼저였습니다. 함께 누운 채로 아내를 안아 다독여주었습니다. 무엇보다 이대로 가만두었다가는 진짜 더 무서운 일이 생길 것만 같았습니다. 그런데도 아내는 혼잣말인 듯 중얼거리기를 멈추지 않았습니다.

"여보, 그런데 갑자기 내가 사고를 당하면 어떡하지. 당신이 큰 병에 걸리거나 크게 다치기라도 하면 어떡해. 아니면 내가 당신을 그렇게 만들면 어떡하냐고."

"왜 자꾸 그런 소리를 해."

"누군가 우리를 결국 그렇게 만들어버리려는 걸 수도 있잖아."

우리가 살면서 바란 것은 고작 평범한 것들뿐이었습니다. 그런데도 누군가 그걸 망치려 한다고 아내는 의심했습니다. 그때라도 나는 아내를 말려야 했습니다. 우는 아내를 안타깝게 바라보며 그냥 내버려둘 것이 아니라 제발 이상한 상상은 그만두라며 다그치고 화를 내야 했습니다.

나는 혼자 있는 아내를 생각하면 여전히 걱정이 됩니다. 아내를 진짜 두렵게 만드는 것이 무엇인지 나도 대강은 짐작할 수 있었습니다. 무엇보다 사라진 양말 한 짝은 어디서도 끝내 찾을 수 없었거든요. 그러니까 아주 예외적인 가능성들 말입니다. 그런 일들이 지금 우리에게 일어나고 있는 건 아닐까. 진짜는 누군가 이 집 안에 우리와 함께 있고, 그래서 내 양말 한 짝을 몰래 훔쳐가는 거라면, 언젠가는 다른 것도 그렇게 할 수 있지 않을까. 그러니까 그게 내 아내라면 어떡하나 불안했습니다. 그러나 지금 나를 가장 불안하게 만드는 것은 아직 내 옆에 있는 아내였습니다. 어제 아침만 해도 한바탕 소동을 치러야 했습니다. 전에 없는 비명소리에 나는 서둘러 욕실로 달려갔습니다. 아내는 굳은 몸으로 벽 한쪽을 가리키고 있었습니다. 거기에는 이상할 만한 것은 하나도 없었습니다. 그런데도 마치 징그러운 벌레라도 있다는 듯이 아내는 아주 끔찍한 표정을 하고 있었습니다. 제정신이 아닌 것처럼 보였습니다.

"이게 뭐야. 왜 내 집에 이런 게 걸려 있어. 언제부터 여기에 있었던 거야."

아내가 가리킨 것은 정확한 출처를 알 수 없는 물건이긴 했습니다. 어디서 받아왔는지 언제부터 사용하고 있었는지 전혀 기억나지 않았지만 그러나 고작 수건일 뿐이었거든요. 그런 것들은 어느 집에서나 쉽게 볼 수 있는 종류이지 않습니까. 더구나 위협적인데라고는 하나도 없는 '충남 보령시청 제일산악회'라는 그 문구에 아내가 그토록 경악한 이유는 도대체 무엇이었을까요. 욕실에 주저앉은 아내가 울부짖기 시작했습니다.

"다 끝났어. 다 끝났다고. 그 사람이 결국 우리를 망쳐놓을 거야."

나는 아내의 말을 도무지 이해할 수 없었습니다. 도대체 아내가 읽은 그 이야기의 결말은 무엇이었던 걸까요. 그러나 어쩐지 나는 그게 무엇인지 상상할 수도 있을 것 같았습니다. 그게 나를 몹시 두렵게 만들었습니다. 겨우 수건 한 장으로 일어날 수 있는 가능한 불행들을 떠올려보았습니다. 아니면 스카프 쪽이 더 적당할 수도 있습니다. 그것을 목에 걸고 조이는 시늉을 조금 했을 뿐인데도 금세 숨이 막혀왔습니다.

"그러지 마. 제발 그러지 마."

아내는 미친듯이 소리를 질러댔습니다.

3

소설을 쓰는 동안 가장 많이 들었던 조언 중에 하나는 자기 경험에 대해 써야 한다는 것이고, 아는 것에 대해서, 결국 나 자신을 이야기해야 한다는 것이었다. 그런 이유로 불면증을 앓는 동안 나는 내게 일어난 이상한 경험들에 대해 쓸 수밖에 없었다. 근래 나의 관심은 오로지 그것뿐이라 그게 아니라면 도무지 다른 생각을 할 수 없었다. 그러므로 평범하고 그럴듯한 인물들을 등장시키고 내가 겪은 일들을 똑같이 경험하게 했을 뿐이었다. 누군가 자신을 훔쳐본다는 불안감에 시달리다 끝내 비극적인 결말에 이르는 장면을 상상하고, 그것을 그대로 옮겨 적은 것이 전부였는데, 말하자면 그것은 나의 일이었을 뿐이다.

남자의 이야기가 계속되는 동안 나는 들키지 않게 조금씩 그와 떨어지기 위해 애썼다. 그러나 여전히 보이는 것이라고는 전혀 없어서 나는 자꾸 어디에 부딪히고, 무언가가 떨어지고, 떨어진 것 때문에 나의 위치가 발각될 것이 몹시 두려웠다. 무엇보다 나는 남자가 모르는 것을 알고 있었다. 그걸 들키는 일이 지금 이 순간 나는 가장 무서웠다. 그러니까 그 이야기의 결말, 내가 상상하고 지어낸 이 남자의 미래……

어둠 속에서 남자의 목소리는 계속해서 이어졌다.

"도대체 왜 우리를 가만두지 않는 겁니까. 불안해하는 아내를 나는 안심시켜야 했습니다. 당신이 무얼 읽었든 그런 일은 정말 없을 거라고, 다짐을 해두었습니다. 그러나 끝내 그렇게 되어버린다면요? 확신할 수 없었습니다. 아내가 먼저 그러더군요. 그 불길한 책표지에 적힌 저자의 이름을 가리키며, 이 사람을 한번 찾아가보는 게 어떻겠냐고요. 그러니까 오늘 나는 시청역에서 그를 만나기로 했습니다. 애원을 하든 협박을 하든 우리를 훔쳐보고 그것으로 소설을 쓰는 일 따위는 이제 그만두게 만들 생각이었습니다. 그런데 어째서인지 약속 시간에 나타나지도 않고 연락도 받지 않더군요. 그런데…… 이봐요, 내 말 듣고 있어요? 지금 어디 있는 거예요? 왜 아무 소리도 들리지 않는 거예요?"

어느 순간 남자는 곁에 없는 나를 찾기 시작했다. 그리고 나는 이 어둠이 당분간 계속되기를 간절히 바랐다. 어쩌면 지금쯤 내가 누구인지 이미 눈치를 챈 것일 수도 있었다. 이런 상황에서 갑자기 주변이 밝아진다면 그가 나를 향해 무섭게 달려들지도 몰랐다. 무엇보다 남자의 손에 무언가 쥐어져 있을 수도 있었다. 수건이거나 스카프거나 그것으로 내 목을 조를 수도 있었다. 나는 되도록 남자와 멀어지기 위해 애썼다. 어둠 속에서 더 어두운 곳으로 몸을 숨겨야 했다. 그리고 그 순간 익숙한 무언가가 내 눈에 들어왔다. 거리를 가늠하기 어려워 정확히 어디에 맺힌 것인지는 알 수 없었으나, 분명 내 방에 맺힌 불투명하고 희끄무레한 무언가와 몹시 비슷해 보였다. 여전히 흔들리지도 움직이지도 않고 한자리에 오래 맺혀 있는 그것을 향해 나는 최선을 다해 달리기 시작했다. 모서리에 몸 어딘가를 찧고 여기저기 수도 없이 부딪혔으나 상관하지 않았다. 희미하고 무해한 그것이 여전히 나를 쳐다보고 있었다. 그러니까 그것이 나의 암담한 미래를 마저 완성하기 전에 그곳에 도착해야 했다.

맹 점
(盲點)

해설 | 김녕(문학평론가)

1

임현의 소설을 읽는 일은 언제나 '윤리'라는 단어를 연상시킨다. 무엇이 올바르고 무엇이 올바르지 않은가. 올바르고 더 나은 결과를 위해 나는 무엇을 어떻게 했어야 했나. 유독 임현의 인물들이 그런 질문을 끈질기게 자문하는 탓이리라. 답이 없거나, 분명하지 않거나, 때로는 상충하기까지 하는 질문들. 그것을 반추, 회고, 진술과 해명, 복기의 형식을 통해 마주하는 임현의 소설들은 으레 '윤리적 딜레마'에 대한 이야기로 요약되곤 했다.

그런데 이 책에 묶인 소설들을 읽어내려가고 있노라면, 어쩌면 그 윤리라는 단어야말로 함정이 아니었나 하는 생각이 든다. 윤리. 이 얼마나 반질반질하고 매혹적인 어휘인가. 한편 '윤리적 딜레마'라는 어구는 얼마나 그럴싸하면서도 공허한가. 이 책의 첫 장부터 시작해 여기에 이른 독자라면 알 것이다. 단 여섯 음절로 요약될 만큼 임현의 소설은 단순하지가 않다는 것을. 윤리를 말하기 위한 것이었다면, 그는 조금 더 교조적이어도 좋았을 것이다. 윤리적 딜레마를 말하기 위한 것이었다면, 그는 상반되는 선택지를 보다 명확하게 마련해도 좋았을 것이다. 그러나 임현은 그러지 않았다. 그렇다면 그가 쓰는 것은 대체 무엇일까.

2

이쯤에서 「예정」의 형식을 짚고 넘어가는 것이 좋겠다. 편의점에서 일하는 화자 '나'의 입을 통해 서술되는 이 소설은 말미에 가서야 '나'가 처한 정황을 드러낸다. '나'는 줄곧 마음속으로 불편하게 여겼던 한 노인의 안위를 확인해달라고 주민 센터 공무원에게 요청하는 중이었다. 이 소설 자체가 그 요청에 대한 한 편의 기나긴 사유서인 셈이다.

'나'는 자기 "일도 아닌 일에 왜 화를 내"(178쪽)는가? '나'가 돌봐주는 사람 하나 없이 방치된 채 폐품을 공손히 얻어가는 노인을 보면서 느끼는 마음, 여태 자신이 노인의 집 문 앞에 쓰레기를 부려놓고 있었다는 걸 깨닫고서 느끼는 마음이 무엇이었나. 미안함이 아니었던가? 노인은 '나'에겐 죄책감을 자극하는 존재다. 그런 노인이 보름이나 보이지 않으니, 신경이 쓰인 끝에 안위를 확인해달라는 요청을 하게 되는 건 어쩌면 당연하고 바람직해 보이는 일이다. 그런데 공무원은 "그럴 권한이 없다"(같은 쪽)는 이유로 거절하고 있으니, 당연한 일이 당연하게 이루어지지 않는 상황이 '나'로서는 답답하게 느껴질 따름이다. 이야기가 이러하니, '윤리'를 찾는 것도 그다지 무리는 아닐 것이다.

그런데 "다들 나한테 그러는데, 나는 왜 안"(같은 쪽) 되냐는 호소는 어딘지 이상하게 들리지 않는가? 그 말은 노인을 걱정하는 '나'의 진심을 의심하게 만든다. 임현이 첫 소설집에서 자신의 안위를 위해서라면 기꺼이 머리를 조아릴 줄 아는 인간을 보여주었던 것을 기억한다면, '나'의 저 처절한 호소를 어찌 온전히 신뢰할 수 있겠는가. 저 호소의 근원에는 필경 자신을 짓누르는 죄책감을어서 떨쳐내려는 조급함이 도사리고 있으리라. 그 마음에서 비롯된 이 긴 해명을, 분노를, 우리는 어떻게 바라봐야 하는 걸까.

3

안타깝게도, 임현의 소설은 그런 것들을 어떻게 바라봐야 할지에 대한 답을 친절하게 내려주지는 않는다. 그렇기에 누가 맞고 틀린지, 옳고 그른지, 그런 것을 작의作意의 차원에서 가려가며 읽으려 해서는 별반 얻을 것이 없다. 애초에 우리에게는 「예정」의 '나'가 어떤 사람인지를 판단할 수 있을 만큼 충분한 정보가 주어지지 않았다. 필요한 정보가 빠졌다는 뜻이 아니다. 거꾸로 임현은 '나'가 저토록 애써서 노인의 안위를 확인하려 하는 데에는 별다른 이유가 없다고 말하는 것처럼 보인다. 대단한 믿음이나 신념이 아니라, 그저 눈앞에 놓인 '상황'에 의해 좌우되는 존재로서의 인간. 그것이야말로 임현이 바라보는 인간의 모습이 아닐까?

가령 「이해 없이 당분간」의 화자 '나'가 '연희'와 헤어진 뒤 과거를 반추하며 두 사람 사이에 있었던 오해들을 깨달아나갈 때, 주변 사람들의 위로가 오히려 불편하고 피곤하게 느껴지는 것은 어째서인가? 그는 어째서 "주변의 친절한 사람들이" 건네는 "너를 이해한다"(135쪽)는 제스처에 도리어 외로워지는가?

'나'는 지금 연희와의 만남을 돌이켜보며, 그때에는 몰랐던 간극들과 함께 '공동'이라고 생각했던 두 사람이 사실은 늘 서로 이해하지 못하는 단자에 불과했다는 것을 깨닫는 중이다. 예컨대 버스만한 "데이트 장소도 없다"(129쪽)는 연희의 말이 그 자체로 진심이라기보다는 '나'의 "사정과 상황들을 고려"(136쪽)해준 배려라는 걸 '나'는 뒤늦게 깨닫지 않던가. 애달프게 그리워할 만큼 사랑했는데도, 서로를 이해하지 못한 채 그저 견뎠을 뿐이었다는 걸

충격적으로 돌이켜보고 있는 '나'. 이런 상황이니 여타의 사람들이 건네는 위로와 이해와 배려 같은 것들이 과연 진정성 있게 느껴지겠는가? 결국 삶은 온전히 각자 감당할 몫으로 남겨져 있고, 이해와 진심의 교환은 가능하지 않은 일처럼 느껴질 터. 그러니 애매한 위로들은 '나'에게 아무런 의미를 갖지 못한다.

그렇다고 '나'가 애초부터 쉽고 얄팍한 위로에 쉬이 염증을 느끼는 냉소적인 인간이었을까? 평범한 일상 속에서 평범하게 던져지는 가벼운 위로 하나하나에 저토록 민감하게 거부반응을 일으키는 사람이었을까? 그럴 리 없을 것이다. 지금 이 문답은 별것 아닌 것처럼 보이지만, 실은 꽤 근본적인 지점을 건드린다. 왜냐하면 자아, 가치관, 성격, 그런 것들보다도 '어떤 상황에 놓여 있는가'가 그 사람을 더욱 강력하게 규정한다는 이야기가 되기 때문이다. 아닌 게 아니라, 임현 소설의 인물들은 늘 당장의 유불리에 따라 얼마든지 얼굴을 바꾸는 상황주의적 존재로서 그려진다.

4

「거의 하나였던 두 세계」의 '나'는 사람들이 "다 나를 싫어하는 것 같"(102쪽)다는 명조의 말에 이렇게 위로를 건넨다. "명조 씨가 무얼 잘못해서라기보다는 단순히 그 자리에" 있었기 때문이라고. "사람들은 다들 비슷비슷"한데, "닮은 사람들을 보면 불편해"(103쪽)지는 거라고. 보통의 경우라면 선선히 고개를 끄덕일 수도 있을 법한 말. 그러나 같은 말을 명조가 자신의 고백을 거절한 상대에게 늘어놓았을 때는 어땠나. 그것은 수치심과 모멸감을 불러일으킨 언어폭력이 되었다.

A 교수로 하여금 곤욕을 치르게 만든 "혹시 중국인 학생"(107쪽)이냐는 발언은 어떤가. 당사자인 학생은 "교수님이 나쁜 의도로 그런 건 아니라고"(112쪽) 두둔했고 실제로 그 물음의 의도 역시 유학생인지를 확인하려는 단순한 질의였지만, A 교수의 발언을 가장 먼저 문제삼았던 외국인 학생들과 학내 문제에 적절한 역할을 해야 하는 학생회에게는 그냥 넘겨서는 안 되는 발언으로 여겨졌다.

이러한 문제들을 바라보는 우리의 눈은 어지럽게 떠오르는 질문들 때문에 혼란스러워지지만, 소설은 '나'의 입을 빌려 이 문제가 실상 옳고 그름의 문제가 아님을 분명히 한다. 가령 다음과 같은 대목.

관점에 따라 같은 것도 다르게 볼 수 있다는 말에는 만약 아무런 태도나 입장을 취하지 않는다면 무엇도 볼 수 없다는 점이 전제되어 있다. 요컨대 우리는 의미 있는 무언가를 보는 것이 아니라, 우리가 보는 무언가에 의해 의미를 부여하고 있는 셈이다.(110쪽)

'관점에 따라 다르게 보인다'는 말을 뒤집어, 사람은 오직 자신이 취한 관점을 통해서만 볼 수 있다고 지적하는 '나'의 통찰은 예리하다. 이는 어떤 일에 정해진 의미가 미리 내재되어 있고, 우리가 그것을 '발견'한다는 믿음은 허구라는 뜻이다. 원래부터 옳거나 원래부터 그른 것은 없다. 원래부터 좋은 행동이나 원래부터 나쁜 행동도 없다. 어느 모로 보나 명확하게 악으로 규정될 만한 범죄의 영역을 차치한 우리 일상 영역의 사건들은 모두 여러 측면에서 바라볼 여지를 갖는다. 단지 우리가 각자의 입장이나 관점에 따라 그것에 좋다든가 나쁘다든가 바람직하다든가 바람직하지 않다든가 하는 의미를 부여할 뿐.

결국 어떤 일에 대한 입장과 관점, 그 일의 의미를 좌우하는 것은 각자가 놓인 '상황'일 수밖에 없다. 우리는 주어진 상황에 따라 반사적으로 반응하고, 의미는 나중에 만들어낸다. 이는 인간에게 선천적이고 일관되며 또 능동적인 자아가 있다는 믿음에 대한 반박이기도 할 것이다.

그 사람이 내게 화를 냈습니다. 남색은 남색, 보라는 보라. 그걸 왜 다 나한테 그런답니까. 그런데요 선생님, 남색이라는 게 또 그렇습니다. 보라색으로 보이기도 하고 그런 것 아닙니까. 남색이라고 하면 남색으로 보이고 보라로 부르면 또 그렇게 보이기도 하는,

그런 것이지 않습니까. 그런데도 그 아주머니는 확신에 찬 목소리로 나를 다그쳤던 겁니다. 당신은 틀렸다. 내가 보는 것이 옳다. 옳은 것을 나는 본다.

어쩌면 화를 낸 게 아닐지 몰라요. 목소리가 큰 사람들은 자주 그런 오해를 받잖아요. 아니 정말 화를 냈다고 하더라도 꼭 나를 두고 그런 건 아닐 겁니다.(143~144쪽)

「목견」의 이 짧은 장면 안에서 부정되는 게 도대체 몇 가지인가. 남색과 보라색의 명확한 구분과 잣대, 자신의 시선을 의심하지 않는 독선적인 확신, 아주머니가 자신에게 화를 냈다는 자기 자신의 진술. 이 모든 것이 공통적으로 보여주는 건, '나'라는 인물이 자기 확신을 거부하는 인간이라는 점이다. 이 '나'라는 인물은 어떤 확고한 입장이나 가치관이 없는 사람인 양, 통상적인 기준들은 물론 자신의 판단조차 끊임없이 반추하여 의심하고 부정한다.

그래서일까. 그는 근거 없는 짐작을 확신처럼 고수하며 자신의 옳음만을 강변하는 사람들에게 환멸을 품고 있다. 저 자신이 그런 식으로 부당한 상황에 몰렸던 경험은 물론, 아버지 역시 부당하게 도둑으로 몰려 스스로 목숨을 끊은 바 있기에 더더욱. 요컨대 그는 내내 자신만이 옳다고 강변하는 사람들은 틀렸고 세상에 그냥 딱 봐서 알 수 있는 건 없으며 사람들은 "모르니까 확신"(164쪽)한다고 강변한다. 아버지의 비참한 사연까지 전해들은 마당에, 우리는 그의 목소리에 고개를 끄덕일 수밖에 없게 된다. 적어도 그의 삶이라는 맥락 안에서 그가 하는 이야기들은 모두 조리에 닿는다.

그러나 소설의 말미에 이르러 새로운 정황이 드러났을 땐 어떤가. 마트 직원이었던 그는 마트에서 딸을 잃어버린 여자에게 억지로 이해와 공감의 제스처를 내밀다가 거절당하자, "그러게 누가 잃어버리라고 했"(167쪽)느냐는 폭언을 퍼붓고 사측의 조사를 받고 있는 상황이다. 그러니까 화자는 저 폭언의 경위랍시고 기나긴 변명을 늘어놓고 있었던 것뿐이다. 이제, 당신은 '나'의 말에 얼마나 동의할 수 있는가? 적어도 새로운 상황이 제시되기 전과 같지는 않지 않은가?

「목견」이 보여주는 충격적인 반전은 우리에게 상황주의와 관련한 두 가지 사실을 시사한다. 하나는 '나'처럼 자기 확신을 목청 높여 거절하던 인간의 입장과 가치관조차 상황에 따라 흔들리는 촛불처럼 허망해지고 만다는 사실이다. 애초부터 자기 확신을 거부하는 입장 자체가 그저 아버지의 비극을 겪음으로써 구성된 것임은 말할 필요도 없을 것이다. 그리고 또하나는, 소설을 읽은 우리가 인물을 바라보는 관점 역시 간단한 상황 하나로 손바닥 뒤집듯이 반전될 수 있다는 사실이다. 이 두 가지를 확인하는 순간, 다시한번 깨닫게 되는 것이다. 의심할 여지 없이 확고한 것은 드물다는 것을. 더욱이 그것이 사람과 관계된 것이라면 말할 것도 없고.

5

소설 속 이야기를 샅샅이 내려다보고 있는 우리의 입장조차 상황 하나 비틀어지는 것으로 백팔십도 선회될 수 있으니, 하물며 우리의 실제 삶은 더 말할 필요가 있을까? 그만큼이나 인간은 일관성이 없고 때로 모순되는 존재다. 상황에 따라 재빠르게 돌아서서 태도를 달리하는 존재. 그런 일관성 없는 존재로서의 부면部面은 새삼스러울 것 없는 사실이지만, 임현은 그것을 극한까지 밀어붙인다는 데에 그 독특함이 있다.

어느 정도인가 하면, 「미래의 내가 과거의 나를」이나 「고요한 미래」에서는 자기 자신마저 타자가 되어버리는 광경이 펼쳐진다. 투자에 실패한 후 주차장 관리원으로 밀려난 '나'가 "온전히 제자리를 차지하고 있지만, 결국엔 잊어버리고야 마는"(182쪽) 팔꿈치나 눈꺼풀 같은 이야기를 해주겠다며 말을 건네는 사람이 누구인가. '나'의 시점에서는 '미래의 나'가 아니었다. "지난 기억을 잊"(194쪽)으라던 전임자의 조언 때문이 아니더라도 '나'는 한때 화려했던 삶을, 그리고 그의 인생에 마지막 결정타를 날린 컨테이너 화재를 잊어야 했을 것이다. 나락에 떨어진 삶을 견디기 위해서. 요컨대 이것은 애써 잊고 있던 팔꿈치나 눈꺼풀 같은 자신의 과거가 불현듯 떠오르는 순간을, '미래의 내가 과거의 나를' 만나는 형식으로 풀어낸 셈이다.

「고요한 미래」는 어떤가. 불면과 기면에 시달리는 한 소설가 '나'가 책을 보다 잠들어 갇혀버린 광화문 교보문고에서 만난 사람이 누구인가? 다름 아닌 자기 소설 속의 인물이 아니었던가? '나'는 고백한다. "자기 경험에 대해" "아는 것에 대해서" "결국 나 자신을 이야기해야 한다"는 조언을 소설을 쓰는 동안 줄곧 들었노라고. 그래서 "불면증을 앓는 동안" 겪었던 "이상한 경험들에 대해 쓸 수밖에 없었다"(234쪽)고. 요컨대 그가 서점의 어둠 속에서 마주한 이는 자기 자신이나 다름없다. 한쪽은 불면증에 의해 기이한 경험을 현재 진행형으로 겪고 있고, 한쪽은 그것을 소설화해본 경험이 있다는 것이 차이라면 차이. 즉 이것 역시 '미래의 내가 과거의 나를' 만나는 양상이되, 조금 더 암담한 악몽 같은 판본인 셈이다.

임현에게 인간은 모두 자기 자신에게서마저 소외되어버린 존재다. 지나간 나날의 자기 자신은 팔꿈치나 눈꺼풀의 존재처럼 있으나 없는 듯 지워지고, 다가올 미래의 자기 자신은 무지의 영역에 남겨져 있다. 그렇게 우리는 목전의 현실만을 견뎌내는 존재로 정의된다. 자신도 모르게 이해利害를 좇고 마는 것, 언행불일치와 자기모순, 저 좋을 대로 기억을 편집하고, 남의 말을 곡해하며, 단것은 삼키고 쓴 것은 뱉으며, 자신만이 옳다고 강변하는 것. 이것은 모두 눈앞의 상황을 견디는 '상황주의자'의 방어기제에 다름 아니다.

6

이렇게 당장 코앞의 밑바닥만 디뎌나가며 견디는 삶. 그만으로도 도통 쉽지 않은 현재를 무사히 통과할 수 있다면, 그걸 나쁘다고 비난할 수 있을까? 다만 문제는, 우리가 자신의 행동이 어떤 결과를 낳을지 전혀 알 수 없다는 데에 있다. 임현의 소설에서는 어떤 선의가 극심한 거부에 부딪히는 장면을 어렵지 않게 찾아볼 수 있다. 「이해 없이 당분간」의 '나'의 여러 지인들이 그렇고, 「목견」의 '나'가 아이를 잃어버린 여자에게 그랬으며, 「거의 하나였던 두 세계」의 A 교수가 주운 쓰레기를 대신 버려주려 했던 '나'의 손도 그랬다. 위로랍시고 떠들었던 것이 누군가에게 상처를 입히고, 배려랍시고 입을 다물었던 것이 오해를 가중시키기도 한다. 그것이 아무리 선했다 한들 의도와 결과는 늘 일치되지 않는다. 마찬가지로 자신을 위한 선택을 했다 한들, 그 선택의 결과가 득이 되리라는 법은 없는 것이다.

그래서 우리는 언제나 자신을 위해서든 타인을 위해서든 더 나은 결과를 지향하지만, 늘 그 결과에 배신당하기 일쑤다. "나는 정말 몰랐거든요. 일이 그렇게 될 줄은 전혀 몰랐습니다. 알았다면 달랐을까요?"(35쪽)라며 울먹이는 「그들의 이해관계」의 버스 기사의 모습은, 뜻밖에도 나쁜 결과를 손에 쥔 '평범한' 사람들의 마음을 고스란히 대변한다. 과연 '나'는 자꾸만 실제와는 다른 주장을 하며 소란을 일으키는 '해주'를 지방으로 떠밀어 보내면서 해주가 처참한 사고에 휘말릴 것이라는 걸 털끝만큼이라도 예상했을까? '일이 그렇게 될 줄은 전혀' 모른 채 자신의 편안함을 위해 얼른 해주를 보내버린 '나'의 이기利己를, 우리는 비난할 수 있을까? 스스로에게 채찍질을 하다, 끝내 해주를 빼놓고 사고를 피한 버스 기사를 찾아가 죄책감을 전가하려는 '나'를 비난할 수 있을까? 그러나 마찬가지로, 그렇게 될 줄 모르고 경로를 이탈했다가 우연히 사고를 피한 버스 기사를 어떻게 비난할 수 있을까. 그에게야 휴게소에 승객을 두고 출발하고 운행 경로를 이탈한 그에게 규정상의 책임은 물을 수 있을지언정, '윤리'라는 잣대를 어떻게 들이댈 수 있겠는가.

이들이 겪은 가슴 아픈 비극이 보여주는 것은 윤리적 딜레마 따위가 아니다. 그저 결과를 알지 못한 채 행동해야 하며, 미래를 알지 못한 채 현재에 부닥쳐야 하는 한계를 지닌 인간의 조건 그 자체이다.

7

그러니까 임현의 소설은 이해, 화해, 위로를 불가능한 것으로 닫아두고 '소통의 불가능성' 운운하며 부조리를 노래하는 소설들과는 다르다. 또한 그 불가능성을 어떻게든 뛰어넘어 그 너머의 지평을 보고자 하는 소설들과도 다르다. 그는 오히려 의도한 바가 의도한 대로 이루어지지 않는다는 사실, 묘하게도 그 의외의 지점에서 가능성을 발견한다.

「해원」을 읽은 이라면, 단연 마지막 장면의 여운을 쉬이 떨쳐내기 힘들었을 것이다. 남편 '윤재'를 잃고 홀로 아이를 키워내느라 고군분투하던 '해원'에게 찾아온 끔찍한 사고. 늘 좋은 것만 접하게 하고 부정적인 것은 멀리하며 돌봤던 아이가 사경을 헤매는 동안, 그토록 숨기려 했던 세상의 무참한 면면을 뒤늦게 파내어 가르쳐주려는 해원의 마음은 감히 짐작조차 하기 어려운 것이다. 그녀에게 당신을 이해한다거나, 힘을 내라거나 하는 위로가 가당키나 할까? 입을 틀어막고 해원의 모습을 바라보는 우리에게 그나마 한 줄기 구원이 되어준 것은 대단한 공감도 이해도 연대도 아니었다. 다만 해원의 손이 향하는 곳으로 "손전등 빛을 따라 옮겨"(92쪽)주는 공원 관리인의 존재였다. "적극적으로 돕는 것"도 아니고 "해원이 지금 무엇을 찾고 있는지"(같은 쪽)도 알 수 없지만, 그녀에게 몹시 필요해 보이는 일에 약간의 도움을 주는 일. 분명 별것 아닌 일임에도, 이 손길은 해원에게도 해원을 바라보는 우리에게도 말 그대로 한 줄기 빛이 되어주고 있지 않은가.

「나쁜 사마리안」의 '오종구'에게 '나'도, '나'에게 '도경'도 마찬가지다. 오종구가 결국 생활고를 이기지 못하고 투병중인 어머니의 연명 치료를 포기함으로써 '나쁜 사마리안'이 되어 번화가에서 서럽게 울고 있을 때, 그를 똑바로 쳐다보며 함께 울고 있던 사람은 '나'였다. 오종구가 '나'의 차를 대리운전하면서 부러 알은척하지 않고 대신 자신의 기나긴 이야기를 고백한 건, 오직 마지막 한마디를 하기 위함이었을 것이다. 그때 그 거리에서 자신을 쳐다보며 함께 울어준 '나'에게 "고맙다는 생각이 들더"(68쪽)라고. 바로 그 순간, '나' 역시 "너는 또 무슨 이유로 거기서 울고 있었던 거냐고" "묻거나 이해하려 들지 않"(같은 쪽)은 오종구에게 일말의 위로를 받았으리라.

이 예기치 않은 순간을 거쳐 "감당할 수 없는 일들을 조금쯤 견딜 만"(61쪽)하게 되었을 '나'는 이제 먼저 세상을 떠난 해주 대신 자신의 곁을 지켜주는 도경을 바라본다. 고마워하는 마음으로. 도통 해주의 죽음으로부터 헤어 나오지 못하는 '나'의 곁을 지키느라 이미 "충분히 지쳐" 있음에도 '나'를 "웃기려"(70쪽)는 사람의 소중함을 관계가 파탄 나버리기 전에 한 번 되돌아볼 기회를 얻은 것이리라.

자신의 마음도 타인의 속내도 도무지 들여다보이지도 이해되지도 않는 암담한 상황에서 오히려 이해하려는 시도를 내려놓음으로써 위안을 받게 된다니. 묘한 일이다. 여하한 근원적인 한계를 외면하거나 무시하면서 내가 네 마음에 가닿았다고 자신하는 것이 오히려 기만이 아닌가. 임현의 소설에 놓여 있는 위안의 순간

들은, 반대로 그 한계를 인정했을 때 가능해지는 자리에 있다. 그러니까 임현의 소설을 두고 '질문을 하게 만든다'라고 표현할 때, 그 질문이란 인간의 온갖 오점을 도려내고 남은 윤리라는 고상한 관념에 국한된 것일 수가 없다. 애써 외면하고 있던 숱한 한계와 더러움을 제대로 경유하고서야, 섣부른 이해와 공감, 그리고 연민과 연대가 아닌 형언하기 힘든 위무의 순간이 포착될 수 있었을 테니.

8

우리가 무언가를 말하려 들 때 필연적으로 다른 무언가를 부정할 수밖에 없다는 것. 그러므로 다른 관점을 인정하고 받아들이기 위해서 가장 선행되어야 할 자세는 의식적으로 무엇이 부정되었는가를 상상하는 일이라는 것.(「거의 하나였던 두 세계」, 110쪽)

저 말이 옳다면, 인간을 예찬하고 인간의 긍정적인 가능성을 바라보려는 관점은 필연적으로 인간의 어떤 면면들을 감추고 부정할 것이다. 그러나 임현의 소설은 그 반대 지점을 의식적으로 응시한다. 우리는 완전한 이해, 진실한 연대, 흔들리지 않는 신념, 공정한 중립, 무결한 올바름, 틀리지 않은 확신 따위는 불가능한 존재라는 것을…… 오직 눈앞에 주어진 상황에 휘둘리며 깊숙이 각인된 이기심·자기 합리화·맹신·망각 같은 온갖 방어기제를 저절로 작동시키고 마는 존재라는 것을 직시하는 것이다.

불편한 것, 보고 싶지 않은 것, 감추고 싶은 것을 외면하려는 인간 의식의 맹점을 걷어내는 건 분명 고통스러운 일이다. 임현 소설의 어조에 괜히 고통이 묻어나오겠는가? 그건 인물의 괴로움이기 이전에 사람의 바닥을 들여다보는 자의 괴로움일 것이다. 작금의 우리에게는 그 고통스러운 일이 몹시 필요해 보인다. 해원은 사경을 헤매고 있는 아이에게 말한다. "이게 뭔지 너도 이제 알아야 한다고"(92쪽). 이것을 임현이 우리에게 건네는 말로 여긴다면 너무 무리한 생각일까? 설령 그렇다고 하더라도, 근래에 드물게 우리로 하여금 외면하고 있던 내면의 어둠을 직시하는 소설로서 임현을 읽는 일은 꽤 값진 경험이 되리라고 믿는다.

작가의 말

　누군가의 문장은 꼭 나를 대신 설명하고 있는 것만 같아서 밑줄을 긋거나 페이지를 접거나 되도록 흔적을 남겨두는 편인데, 나중에는 왜 이런 구절에 마음이 동했나 싶어서 의아한 경우도 적지 않았다. 식성과 체중이 달라질 때도 그랬다. 불편했던 자리가 제법 익숙해질 때도 비슷한 기분이었는데 나는 나와 매일 멀어지는데도 왜 여전히 나인 것일까. 나로부터 얼마나 더 아득해진 뒤에야 내가 아닐 수 있게 되는 것일까. 손톱을 깎다가 빠진 머리카락을 세다가 한때 나였던 것들이 수북해진다.

　나는 나의 전부라기보다는 다른 무언가의 일부일지도 모른다. 대체로 그런 나에 대해 써왔다고 생각했는데 고작 한 사람을 설명하는 데 너무 많은 말을 낭비해버렸다. 한편으로는 내가 하는 모든 말들이 실은 누군가의 말을 반복하고 있는 건 아닐까. 그러니까 진짜 내 말은 하나도 없고, 결국엔 언젠가 읽고 들은 말뿐이지 않았나. 그럼 그 최초의 말을 시작한 사람은 누구였을까. 어딘가에 그런 말만 따로 개발하는 집단지성이 존재해서 암암리에 배포하고 있는 것은 아닐까. 무엇보다 그걸 누가 처음 들었던 걸까…… 요즘에는 그런 것들이 더 궁금하다.

나를 설명하기 위해서 나는 자주 다른 사람을 내세우곤 했다. 그럴수록 어쩐지 더 많은 나를 말할 수 있었는데 소설을 쓰는 일도 크게 다르지 않았다. 나는 늘 나 하나만으로는 부족해서 누군가를 통해 이야기될 수밖에 없는 동시에, 나 역시 다른 누군가를 위한 이야기가 되어주어야만 했으니까. 무엇보다 최초로 말을 시작하는 사람은 아닐지라도, 최초로 듣는 사람은 내가 될 수 있지 않을까. 그러니까 이런 비슷한 말을 어딘가에서 들은 것 같은데…… 누구의 것인지는 잘 기억이 나지 않는다.

2022년 2월
임현

| 수록 작품 발표 지면 |

그들의 이해관계 …… 문장 웹진 2017년 3월호

나쁜 사마리안 …… 『안녕을 말하는 방법』(스윙밴드, 2019)

해원 …… 웹진 비유 2018년 2월호

거의 하나였던 두 세계 …… 『창작과비평』 2020년 가을호

이해 없이 당분간 …… 『이해 없이 당분간』(걷는사람, 2017)

목견 …… 『목견』(미메시스, 2018)

예정 …… 『베개』 1호

미래의 내가 과거의 나를 …… 『악스트』 2020년 11/12월호

고요한 미래 …… 『시티 픽션』(한겨레출판, 2020)

문학동네 소설집
그들의 이해관계
ⓒ임현 2022

1판 1쇄 2022년 2월 7일
1판 2쇄 2022년 4월 8일

지은이 임현
책임편집 정민교 | 편집 정은진 이상술
디자인 강혜림 이원경
마케팅 정민호 이숙재 한민아 김혜연 이가을 안남영 김수현 정경주
브랜딩 함유지 함근아 김희숙 정승민
제작 강신은 김동욱 임현식 | 제작처 천광인쇄사

펴낸곳 (주)문학동네 | 펴낸이 김소영
출판등록 1993년 10월 22일 제2003-000045호
주소 10881 경기도 파주시 회동길 210
전자우편 editor@munhak.com | 대표전화 031) 955-8888 | 팩스 031) 955-8855
문의전화 031) 955-3579(마케팅) 031) 955-2675(편집)
문학동네카페 http://cafe.naver.com/mhdn | 트위터 @munhakdongne
북클럽문학동네 http://bookclubmunhak.com

ISBN 978-89-546-8506-1 03810
• 이 책은 서울문화재단 '2021년 창작집 발간 지원사업'의 지원을 받아 발간되었습니다.

잘못된 책은 구입하신 서점에서 교환해드립니다.
기타 교환 문의 031) 955-2661, 3580

www.munhak.com